“我趕快脱下皮靴
因为我发現
所有走进天国的男々女々
都是赤脚
啊 延安
好一个赤脚天堂”

赤脚天堂

延安回忆录

蔡若虹◎著

湖南美术出版社
全国百佳图书出版单位

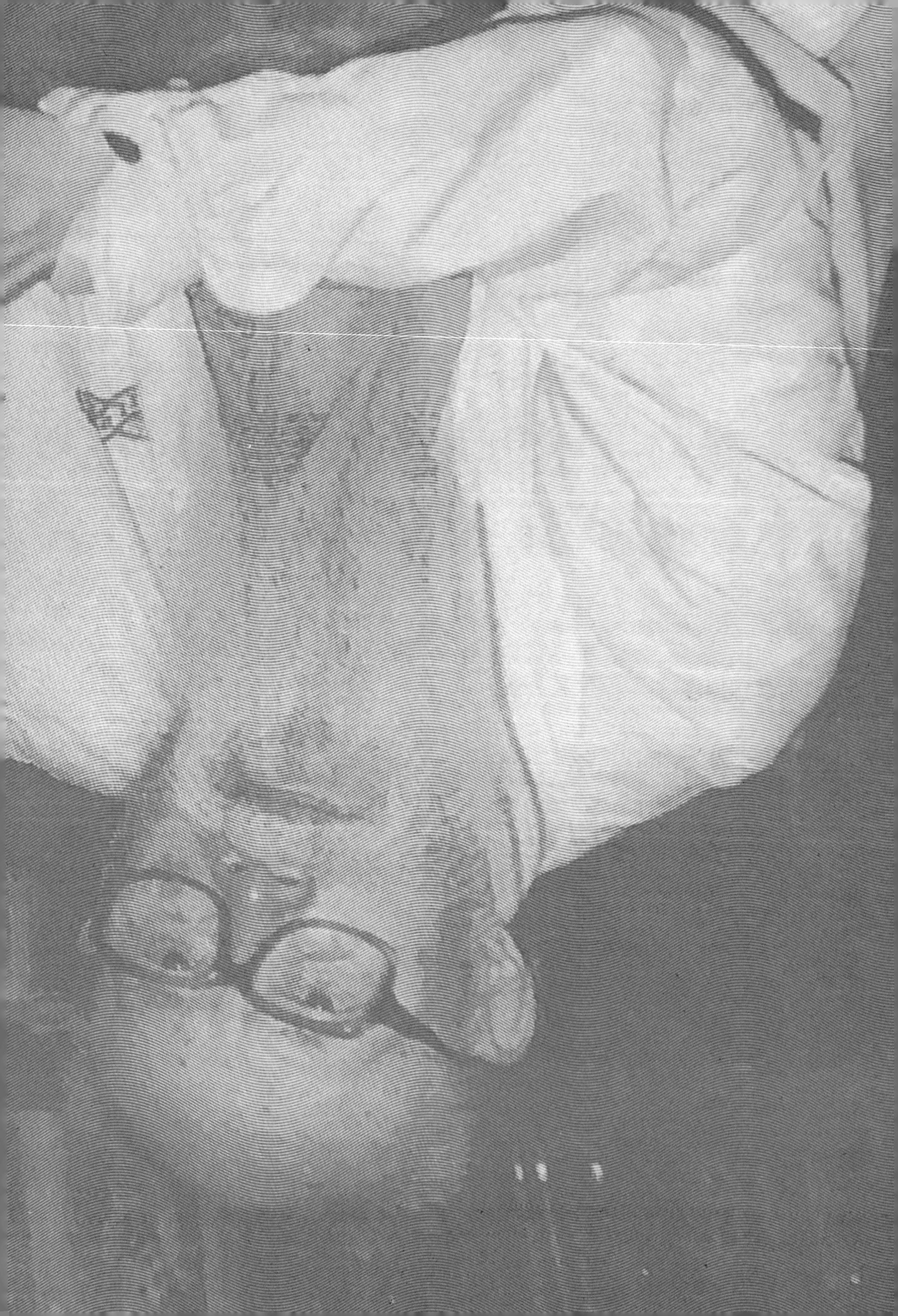

作者小传

蔡若虹原名蔡雍，笔名雷萌，江西九江人，1910 年 1 月出生于一个知识分子家庭。

20 世纪 20 年代当国民革命军攻克九江后，蔡若虹在由共产党人主持的九江市党部创办了《火炬画报》，绘制了不少反帝反封建的美术作品。不久，蒋介石叛变，推翻了国共合作，开始在九江对工人、学生进行大屠杀，他逃亡到南昌，当时只有 17 岁。

20 世纪 30 年代，他在上海美术专科学校求学，同时参加了中国左翼美术家联盟，毕业后先后与陶行知先生、邹韬奋先生合作，在他们主编的《生活教育》《大众生活》《新生》《永生》等刊物上发表了很多漫画作品。此外，他又在《漫画生活》《生活漫画》《美术生活》《自修大学》《妇女生活》等刊物上发表了不少漫画作品。这些刊物不断被国民党禁止，他在反禁止中不断地坚持创作。他在 1938 年由廖承志同志介绍离开上海，与妻子夏蕾同赴延安。

20 世纪 40 年代，他在延安鲁迅艺术文学院（简称“鲁艺”）美术系执教，先教漫画，后教创作实习，1941 年后任美术系主任。1940 年 8 月加入中国共产党，1942 年 5 月长女蔡晓晴出生。他在鲁艺先后参加了整顿“三风”、延安文艺座谈会，并与华君武、张谔一同到枣园会见了毛主席。他还参加了开荒纺线等生产活动，在政治思想学习与美术创作实践方面也不甘落后，直到 1945 年日本投降后才随鲁艺大队离开延安。

1946 年初，正值军事调处时期，他赴北平，在钱俊瑞主编的《解放》三日刊任美术编辑，发表了不少讽刺画。不久，报社被封，他回到了晋察冀边区的报社任美术编辑，先后参加了山西平定、河北石家庄等解放区的土地改革工作，在《晋察冀日报》上连续发表了《苦从何来》漫画二十余幅，对贫雇农开展诉苦运动起了很大的推动作用。

1949 年 2 月，他在人民日报社任美术编辑，与范长江一同进北平城。1949 年 6 月，他又被调往新建立的文化部艺术局工作，在毛主席授意下，撰写了文化部第一个指示《关于开展新年画工作的指示》，引起了全国美术家对新年画创作的重视。不久，毛主席又指示文化部创办大众图画出版社，蔡若虹负责编绘了不少新的连环图画（小人书），打开了一个以民间美术为开路先锋的崭新局面。

20 世纪 50 年代，他为新年画评奖做了不少工作，开始改行，专门撰写评论文章。1954 年由文化部调往全国美术工作者协会，后任副主席。在北平解放之初，次女蔡胜和三女蔡利出生。

在 20 世纪 60 年代后期至 70 年代的“文革”10 年中，他被污为黑帮头子，多次遭批斗后，转入文化部五七干校进行劳动改造，在那里，他参与了多种多样的生产劳动，还偷偷地写了不少旧体诗词。

20 世纪 70 年代后期，他获平反并且恢复工作，先在中国艺术研究院工作，后在中国美术家协会与中国画研究院工作，直到 1980 年后才退休。

从 20 世纪 50 年代到 80 年代，他先后出国访问苏联、民主德国、法国、意大利、日本等国。也是在此期间，他当选为第三、第五、第六届全国人民代表大会代表，担任中国艺术研究院的领导和全国文联的荣誉委员，担任中国美术家协会第一至四届副主席。

1997 年 2 月，他的老伴夏蕾因病逝世。

从 20 世纪 50 年代到 90 年代，他的著作陆续出版，有画册《苦从何来》，诗集《若虹诗画》，文集《蔡若虹美术论集》与《蔡若虹文集》。他在晚年还出版了《灵犀小唱——蔡若虹诗词集续集》（诗集）与《理想的美比实际生活更美（美术评论集）》（文集）。他还写了两部回忆录，一部是关于 20 世纪 30 年代的回忆录《上海亭子间的时代风习》，一部便是这本 20 世纪 40 年代的延安回忆录《赤脚天堂》。

重读《赤脚天堂》

曾经阅读过许多写延安的作品。有外国记者斯诺的纪实文学《红星照耀中国》，史沫特莱的人物传记《伟大的道路》，民主人士黄炎培的日记《延安归来》，吴伯箫的散文《记一辆纺车》，方纪的散文《挥手之间》，贺敬之的长诗《回延安》。

读这些作品，不由得油然地产生对延安和延安精神的神往。在大西北延安这片热土上，以毛泽东同志为主要代表的中国共产党人，以坚定的现实主义、革命的浪漫主义，引领民族独立和人民解放的伟大事业，谱写了世人景仰的延安传奇，孕育了名扬中外、流传不朽的延安精神。

十多年前，偶然读到湖南美术出版社出版的蔡若虹先生记录延安岁月、抒写延安精神的著作《赤脚天堂》，觉得完全可以和那些描写延安的名篇媲美。掩卷长思，当即写下这篇书评：

在新词迭出的移动互联网阅读中，读者对“赤脚”肯定是陌生的。而我辈60后人，不仅熟悉还夹杂着亲切，那朴实而粗放的称呼：赤脚医生、赤脚老师……那挽起裤脚小跑在田埂上，有时候滑跌水田，有时候划满伤痕的赤脚记忆，虽然久远却难以割舍。

《赤脚天堂》并没有还原我们的赤脚时代，而是再往前，追溯到时间的远处和空间的高处——延安。

为什么称延安为天堂呢？既在天堂里为什么还要赤脚，光着脚板能够走进天堂吗？

蔡若虹先生这样用悬念开篇，引起我对这本小32开、12万字小册子的兴趣，一读就放不下来。

《赤脚天堂》与大多写延安的作品不同，很少涉及宏大题材、战争场面。作家讲的是自己和一群艺术家在延安的小故事，写战士歌唱、版画展览、土台上演京剧，鲁艺里教与学、窑洞阅读与思索。《东方红》《白毛女》《黄河大合唱》如何诞生、如何完善，如何从延河之滨传唱四方八面。在物质极度贫困的黄土高坡，映衬出华美瑰丽的精神之光。凭借美术家的功底，作家笔下除了饱满的情和理，还有感人的人和事、经典画面和场景，读着读着，自己就随着文字的行列，加入到队伍的洪流，走进那个陌生遥远的圣地。

用今天的说法，作家本人是标准书香门第出身，从上海转道香港而来，是穿着皮鞋走进延安城的美术家。他这样描述他认可的“天堂”：第一，必须是建立在贫困而艰苦的物质基础之上的；第二，必须要有一个崇高而广阔的精神世界。宝塔山下的延安，完全符合这个标准。

初到延安，作家因咽不下粗糙的延安小米而重病住院，进而经历了开荒、纺线的劳动历练与淬火。他以自己赤脚的行走得来真切的体会，唯有赤脚劳动者乐观的创造性的劳动精神，才能克服无比荒凉无比艰难的生活环境。而且，能够把这样的环境，逐步改造成为理想中的天堂。

70年后的今天，太多的人陷入金钱是唯一价值标准的迷思，更为普遍地向往着金碧辉煌的物质天堂，而且不少追求者的获得感，并不是沿着诚实劳动的路径。其实，在豪宅、豪车、豪饮的奢靡之中，疏离大地、劳动和人民，很难真正享受到创造的快乐，体会到精神的富裕。读读这一类书，或许给你新鲜的认知与情感，甚至让你重新作出价值判断与选择。

阅读中我还发现一个细节，该书是作家九十高龄时，用短短7个月写成。那精神的烈焰一旦燃起，必定让周遭感到灼热与炫目。

十多年过去，我们迎来中国共产党百年华诞。忽然觉得，有必要重读一遍《赤脚天堂》，有必要向更多读者推荐这本好书，从中汲取砥砺奋进的精神力量。

有人问，中国共产党为什么“能”？为什么可以成为世界上最大的马克思主义执政党，显示出百年恰是风华正茂的活力？习近平总书记在党史学习教育动员大会的讲话给出了答案，那就是在一百年的非凡奋斗历程中，一代又一代中国共产党人顽强拼搏、不懈奋斗，构筑起了中国共产党人的精神谱系。凭着那么一股革命加拼命的强大精神，中国共产党历经苦难而辉煌，生生不息。

还有人问，今天该如何深刻而精准地理解延安精神呢？答案也在习近平总书记的重要论述中，即保持坚定正确的政治方向，坚持解放思想、实事求是的思想路线，坚守全心全意为人民服务的根本宗旨，牢记自力更生、艰苦奋斗的创业精神。

《赤脚天堂》这本书，是延安和延安精神的一份真实记录和生动写照。跟随蔡若虹先生的笔触，重走黄土高原的山梁沟峁，重温火热的文艺创作实践，用心感悟延安精神的静水流深和共产党人的初心使命，将是非常有意义、有价值的精神之旅。

本书的修订重版，得到了蔡若虹先生亲属的认可与支持。湖南美术出版社作了全新设计。相信将会给读者带来别样的阅读体验、圣洁的精神升华。

蒋祖烜

2021 年 7 月 1 日

目　录

赤脚天堂

有了真诚，才有对人对事的热情；有了热情，才有脚踏实地的实践，才有无穷无尽的创造性劳动，才能够把又穷又荒凉的陕北高原改造为人间天堂！

我赶快脱下皮靴
因为我发现
所有走进天国的男男女女
都是赤脚
啊 延安
好一个赤脚天堂

我到延安不过两天，就诗兴大发，几乎每天都要在小本子上记上几行马雅可夫斯基式的长短句；前面的一首就是其中的第一首。

读者也许要问，你为什么称延安为天堂呢？既然是天堂，又为什么都是赤脚呢？光着脚丫子走路的人能够走进天堂吗？

且慢且慢，请听我仔细道来。

我是1910年出生于长江南岸一个所谓书香门第的家庭，在历代祖宗的牌位上，都标记着二品、三品、四品之类的级别，大概他们都在封建王朝做过高级官员。到了我父亲这一代才开始门庭破落。在这种贵族之家的眼里，凡是光着脚丫子走路的人都叫做“穷鬼”，事实上也只有种田的“乡巴佬”和城市中的苦力才打赤脚。这样一来，赤脚便成为穷困而又能吃苦的人们的代名词。

其实，延安人并不是时刻都赤裸着双脚，连做勤务打杂的红小鬼也不缺少一双布鞋。可是延安人不穿袜子倒比较普遍。夏天，光着脚丫子穿草鞋、布鞋、凉鞋；冬天，光着脚丫子“捅”进棉鞋或者毡靴，这种不穿袜子解放了的赤脚穿鞋的方便、爽快和乐趣，我是在实践以后才体会到。

至于我为什么把延安叫做天堂，这要从我对“天堂”二字的理解来说明。我认为，天堂有两个特点，第一是它必定建立在贫困而

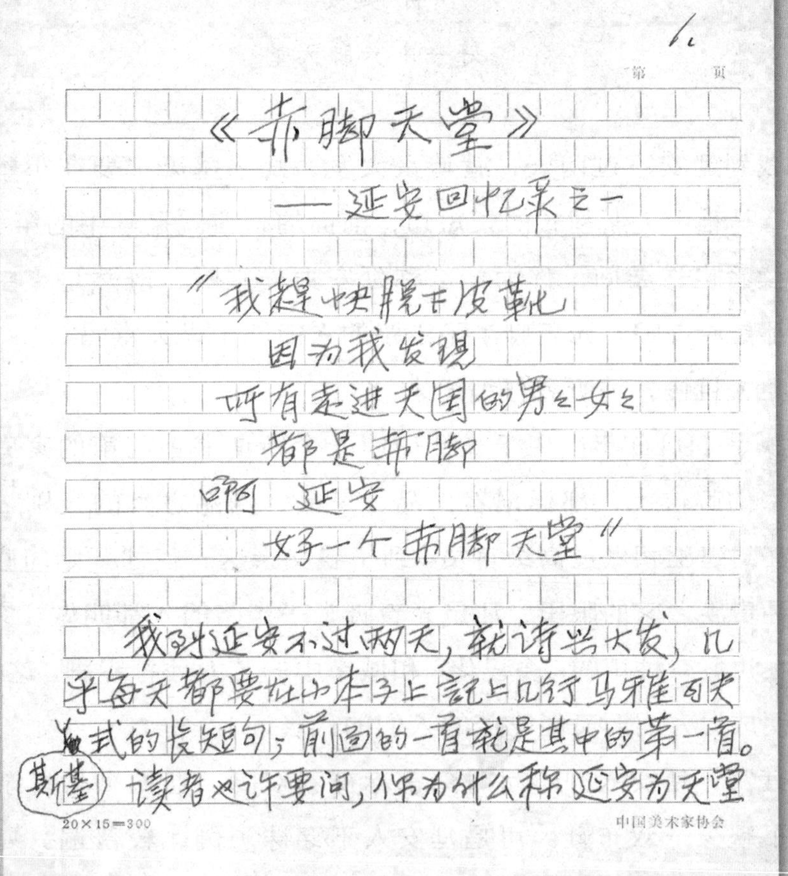
6

第 页

《赤脚天堂》

——延安回忆录之一

"我赶快脱下皮靴
因为我发现
所有走进天国的男男女女
都是赤脚
啊 延安
好一个赤脚天堂"

我到延安不过两天，就诗兴大发，几乎每天都要在小本子上记上几行马雅可夫斯基式的长短句，前面的一首就是其中的第一首。

读者也许要问，你为什么称延安为天堂

20×15=300 中国美术家协会

《赤脚天堂》手稿

艰苦的物质基础上，第二是它必定要有一个崇高而广阔的精神世界做先导。而延安人，恰恰都是两只赤脚牢牢地站在这个既贫困又荒凉的黄土高原上，而那些戴着军帽的头脑里都有一个令我又惊又喜的、洋溢着崇高理想的精神世界。他们用预见性的乐观主义精神去克服贫困和艰苦，他们用创造性的劳动实践去开辟理想的天地，他们的所作所为，恰恰符合我心目中的两个特点。我不得不把这个桂冠戴在延安的头上！

序幕揭开，言归正传。

我是在1939年5月，经过七个多月的旅程，才从上海出发，经过国内香港、昆明、贵阳等地以及越南到达延安的。在这七个多月的旅程中，我经过了大城市、中小城市、大乡镇、小村落，从繁华走到荒凉，从富裕走到贫困，这样一站又一站地走过来。抗日战争在社会生活中投下的阴影在我这个长途旅行的人的心目中越来越沉重，越来越逼近，这就使我不能不想到延安的荒凉和艰苦，我想到我在上海与三哥告别时的对话。三哥说："听说延安很艰苦，你怎么受得了？"我说："受不了我也要受。"现在艰苦逼近眼前，我应当打起精神，检查一下我的决心是否能够兑现。

从香港出发时是五个人，除了我和夏蕾以外还有张谔和他从广州请来的两个制版工人，所以路上并不寂寞，可是经过四川重庆时，张谔和两个工人都留在新华日报社工作，所以到达延安时只剩下我们夫妻两个。

大卡车停在延安城的南门外，时间是傍晚，一车二十多个人很快地走散了，只剩下押车副官没有走。这是个三十来岁的老红军，又红又黑的长脸上有一双聪明的眼睛，身上是旧灰布军装，赤脚穿着双布鞋，他知道我们是香港廖承志介绍来的，对我们特别亲切，从西安出发，沿路上车下车、吃饭打尖都非常关心。他等大伙儿走完了，就从车上把我们的行李搬到附近一家旅舍里，然后对我们说："你们放心休息吧，我替你们带个口信给鲁迅艺术学院，明天一早一定有人来接你们。"之后就握手告别了。

我和夏蕾走进旅舍一间简陋的平房，里面是土墙土炕，炕上铺着一张席子，炕桌上点着盏麻油灯，昏黄的灯光一闪一闪地照着我们的影子在土墙上晃动，除此外什么也没有。我一边把铺盖打开放在炕席上，一边心里在琢磨："明天该有个毛驴来接我们吧。"

谁知道第二天一老早就来了两个30年代认识的老朋友，一个是山东漫画家丁里，他脱下了很时髦的西服，换上了一身灰布军装，一个是上海漫画家华君武，他也把那飘飘然的绸大褂换成了军服。两个人都是打赤脚穿着布鞋，都比从前瘦了、黑了，只是那艺术家的派头不见了，却都精神振作，有一些军人气概。他们没有带毛驴来，却带来一根又长又粗的木头椽子，是给我挑行李的，这使我暗暗发呆，看来我对艰苦的估计太轻了。他们看见我和夏蕾仍然是旧日打扮时，仅仅是点头微笑而已，没有半句寒暄，连那个曾经在轮船上对我喊叫"你要来呀，你要来呀"的华君武，现在看见我来了也没有一点亲热的表示。他们的眼睛老是盯着我的衣箱和口袋，华君武对我说："哟，你简直是搬家搬到延安来了！"这句话里分明有刺。丁里问我："这个大口袋里装的是什么？"我说是两床棉被，他们都轻蔑地笑起来，丁里说："你不知道，我们住的窑洞就等于一床大棉被。" 他们二话不说，七手八脚地把衣箱上的襻子和口袋上的铁环穿在木头椽子上，一前一后地抬起来就走，头也不回地对我们说："你们跟着我们走吧。" 他们还没有走进城门，嘴里就"嘿哟嘿哟"地互相唱和起来。我的行李并不重，两床棉被顶多二十斤，衣箱顶多三十斤，不过五六十斤的重量就值得两个男子汉“嘿哟嘿哟”吗？这分明是同我开玩笑，这玩笑中也分明有刺，刺我这个空手走路的贵客，我无可奈何，只好笑，只好跟着他们一起笑。

鲁迅艺术学院在北门外的山脚下，从南门走到北门，整整穿过延安城内一条街。当时正是日寇飞机对延安城大肆轰炸之后，整个延安城内，看不见没有倒塌的房屋和门窗，连一点败壁颓垣也没有，从东到西，从南到北，成了一个清一色的瓦砾场。从这里可以看出日本强盗对中国共产党的仇恨之深，也可以看出中国共产党对日本强盗的打击之痛。我没有沮丧，却暗暗高兴：“只有共产党能够救中国。”我这个20世纪30年代念念不忘的信念，已经得到了初步的印证。

然而，一走出城门就是山，到处尽是山，不长树木的山，连野草也稀稀拉拉的荒山。那不黄不赤的颜色和不高不低的形象不但不讨人欢喜，还令人生厌！荒凉，荒凉，天下无比的荒凉！谁知道，仅仅过了一天，我的印象完全改变了。歌声出现在这些荒山里，口号出现在这些荒山里，奇迹出现在这些荒山里，原来无比的荒凉正是天堂不可缺少的背景，是天堂的典型环境！

我一到鲁艺就马上会见了30年代认识的吕骥和张庚，也会见了副院长沙可夫和党委会成员徐一新，他们都是典型环境中的典型人物，军装、赤脚、布鞋，红红黑黑的脸膛，草莽英雄的气概。他们初次和我见面时都说着相同的话：“你来得好，你来得是时候！”我想，我好在哪里呢？我脚上还穿着皮靴哩！

我们马上搬进了半山腰上一间新开辟的窑洞里，我在美术系当教员，夏蕾在文学系学习。

我在这里要重点回忆的，是我到鲁艺第二天傍晚看见的一幅无比壮丽的图画。那天已是暮色苍茫的时候，鲁艺的同志们一早开荒去了还没有回来，我站在半山腰的窑洞门外等他们，我的眼睛老盯着山下，没有想到一阵歌声却从我背后的山顶上飞过来。我回头仰望，只见一轮圆月正从山梁上露出大半个亮晶晶的面孔，五六个扛着锄头的青年汉子（里面有丁里）正唱着歌从山梁上从远处走近，上衣搭在锄头柄上，裤腿卷在两膝之上，他们昂首挺胸大踏步地走着，那歌声响亮、雄壮而又深沉。当他们跨着一轮圆月走过时，我看见，那月亮在他们赤裸裸的腿下晃动、晃动、晃动！我看呆了，尽管时间只有一刹那，但那种有声有色的壮丽景象，牢牢地镶嵌在我的头脑里，永不褪色，我心情的激动是难言的。一等到他们走到山下，我就对着丁里高喊："我明天也要开荒，我明天也要开荒！"丁里也高声回答："你放心，漏不掉你，漏不掉你！"我高兴地回到窑洞里，就着麻油灯光写诗、写诗：

红军的赤脚
跨过万水千山
赤脚的我们
专门用笨拙的锄头
向荒凉挑战　打碎荒凉
我们的歌声惊醒了
穷人的噩梦
我们的阔步
从地狱跨进天堂
在我们的锄下
世界正在变样

你看　你看

那个正在发抖的月亮

在我们的赤脚之下

摇晃　摇晃　摇晃

我写这些诗，不过是一个有文学癖好的心灵与天堂美景的巧合，是理想与现实的拥抱，又惊又喜的热烈拥抱。其实，延安人的所作所为，都是天堂美景，光靠写诗是说不清楚的，应当用散文写，而且要用老百姓的通俗口语才能说得清楚明白。我到延安不过七八天，和我接触的延安人给我一个最鲜明的共同印象就是真诚，像十足的赤金一样真诚。有了真诚，才有对人对事的热情；有了热情，才有脚踏实地的实践，才有无穷无尽的创造性劳动，才能够把又穷又荒凉的陕北高原改造为人间天堂！

第一个以真诚待我的延安人就是那个押车的老红军，他只要没有离开延安，总是隔几天就到鲁艺来看我们，问我有什么困难他能帮助我解决。此外，鲁艺党委会成员徐一新，美术系的华君武、王曼硕，摄影师吴印咸，中央党校的罗沛霖，周扬的夫人苏灵扬等都先先后后地来看我和夏蕾，大概他们都理解刚到延安的日子是不太习惯的，所以一见面都异口同声地问：“有什么困难没有？”我回答得干脆：“没有，没有，困难一看见我们就吓跑了！”笑、笑，延安人总是笑，十分真诚地笑！

其实，我是有困难的。尽管我对延安一见倾心，可是我是一个在鱼米之乡长大的人，几十年的习惯一时改不了，我最大、最突出的困难就是不能吃小米饭，每天早上的小米稀饭我能吃，中午和下午的小米干饭却总是在嘴里转来转去不肯进喉咙，夏蕾着急地轻轻对我说：“你吞下去呀，你吞下去呀！” 我说：“不是我不吞，是它不肯下去！”这种困难是延安暂时不能解决的，所以我们绝对保密。夏蕾想了一个办法，每天早上的小米稀饭多打一些，一顿当作三餐吃。我们只带了两个漱口杯当饭碗，没有东西多装稀饭，只好学别人一样用空的罐头罐子当饭碗。大概这个空罐不干净，稀饭又从早上留到下午，不到一星期，我就病倒了。先是发高烧，后来拉血，高烧常常使我昏迷不醒，拉血从点点滴滴到一大摊。夏蕾和徐一新干着急也无用，只好请了两个陕北老乡抬着担架把我往二十里外的拐峁医院送。我迷迷糊糊地躺在担架上，面朝晴朗的天空，头脑仍然在活动：“……我不配……做延安人……骨头埋在延安……死也闭眼……”实际上我的灵魂已经跨进了天堂的大门！

拐峁医院没有医院的设备，就和美术系没有纸张、颜料一样，一大排窑洞和几间平房就是主要家当。由于国民党的封锁，医院没有对症的贵重药品。用什么治病呢？真诚，除了真诚还是真诚。当晚上我从昏迷中醒来，张眼四顾时，一盏油灯下两个穿军衣的医生守在我身边，摸额头、号脉，让我喝口水，比大城市的医生还要无微不至地看护着我！一个月后我的病好了，有些病不重的伤兵来到我的病房，对我说，这个医院的大夫真好。一个脸上有麻子的是朝鲜人，另一个说东北话的是有名的文学家黄树则（他的文章我读过，就和他本人一样的实事求是）。

一场大病 （急性肠炎）赶跑了我不能吃小米饭的习惯。后来我不但能吃，而且吃得很香。从医院回鲁艺时，鲁艺已经从北门外搬到了桥儿沟的天主教堂里。我住在东山的窑洞里，生活大大地改善了，凡是东山教员，每天都有一顿大米白面，延安的艰苦是一步一步地撤退的。

东山窑洞很多，全住着鲁艺音乐系、文学系、美术系的教员。一天三顿饭，大家都喜欢坐在窑洞外面的“土沙发”上吃，大家一见面就熟，来自四海的人们谈起话来也海阔天空，但是都很自觉，吃完饭就钻进窑洞各干各的事，不打扰别人。如果是明朗的月夜，三个五个便集合在窑洞外面谈天，这样可以节省灯油。

从北门外到桥儿沟，生活多少有些变化，但是永不变化的就是创造性劳动和乐观主义精神，这是延安人的两个随身法宝，也是延安这个天堂的主要标志。

最初，我看见丁里用两支油画笔倒过来当筷子吃饭，又看见很多同志用空罐头盆当饭碗，这都是在北门外，我为此而感动，而写诗。搬到桥儿沟以后，我看见冼星海用折的一根柳条儿（桥儿沟有几棵柳树）当作指挥合唱的指挥棒，我更感动。我在上海见过冼星海一面，西装革履，是个很英俊的广东青年，他曾经在法国餐馆里当过端盘子的白衣侍者。现在他完全变了样子，穿军衣军帽，热天总喜欢穿一条齐膝盖的短裤，下面是赤脚、草鞋。我多次看过他指挥合唱时的背影，那笔直笔直的身材，那昂首挺胸的姿态，那随着歌声舞动的右手和柳条儿，那赤脚、草鞋，比那些穿燕尾服的音乐大师美多了，美极了！这种天堂美景，和那月亮在歌声中、赤脚下摇晃的天堂美景同样地令我心醉！建国后我有好几次想用水彩把这两个美景画在纸上，可是我画出来的形象总没有记忆中的印象那么真切、那么动人。

搬到东山以后，令我感动的新鲜事更多了。最先是王式廓用镢头在他窑洞里的墙壁上打了一个长方形的窟窿作为书柜，我大为欣赏，也想学样在自己的窑洞里打一个。这高原的黄土层也怪，一镢头下去只留下一个小白点，比铁还硬，后来我叫夏蕾往墙上洒水，她一边洒，我一边用力把镢头向墙上打，土只一小块一小块地落下。

我们用水有限，要节约，所以我花了三个半天，才打下一个只能装十来本书的小窟窿。尽管如此，创造性的劳动成果让我认识了体力劳动的伟大！

创造性劳动推动着乐观主义精神的奋发，而且是有强烈的传染性的。不久，木刻家马达用铁锹把山坡上的黄土铲到他的窑洞里，不知道他用了什么方法，把他的木板床铺、桌子、凳子都固定起来，让它们不摇动，也不能移动。后来，他又用铁锹把窑洞外两边的土墩子铲成阶梯形的“土沙发”作为休息之所，又栽了一棵树，尽管树没有栽活，可是“马达公园”的名字已经叫响了，参观的人不断。黄土是人类最初的家当，人人都不缺少的家当。这个认识，我在怀念马达的诗句中用上了。

创造性劳动总是在不断地发展，不断地扩大。一年之后，美术系主任王曼硕索性搞起土木工程。他是我的入党介绍人，是一个不声不响的脚踏实地的实干家。他带领着美术系二十多个学生，在西山窑洞前面的一块空地上筑起了一间画室，有门有窗，还有二十多个用树枝做的画架，这简直是奇迹，这是只有天堂里才有的神话。王曼硕就住在我窑洞的隔壁，我问他：“这个画室和画架是怎样做成的？你请了内行的老师傅来帮忙吧？”曼硕对我笑笑：“老师傅？实践就是老师傅！只要下决心实践，天下没有干不成的事情！”王曼硕是山东人，曾经在北平美术专科学校教过书，他画素描和做雕塑都很熟练。他不强调雕塑非用“顶光”不可，他就在窑洞门外给红小鬼塑造了一个半身像，这是我亲眼看见他塑成的，很像，比本人还英俊！我对曼硕说：“你这个人总是不声不响的，简直像神话人物！”曼硕说：“神话其实都是人话，只要动手、动脚、动脑筋，人话就变成了神话！”我非常欣赏这个“动手、动脚、动脑筋”的说法，我认为这是原始人发展到现在的原动力，延安之所以是天堂，就因为它是这一原动力的发源地，我大为感动，又提笔写诗：

开天辟地　我们是
盘古氏的嫡系后代
我们手中的双斧
就是预见性的乐观
创造性的实践
我们日夜不停手脚
一个崭新的精神世界
早已在我们的斧下展开
还要继续开辟
另一个崭新的现实世界
我们揪住命运之神的耳朵
叫他听话
叫他不要作怪

晚会

『草台班子』所制造的欢乐是暂时的，是不能持久的，而鲁艺京剧晚会所制造的欢乐却是持久的，这是天堂与人间最主要、最鲜明的区别。

堆在延安人脸上的那种天真的笑容，给我的印象很深，那是自然而然地流露出来的，是乐观主义者的一件精神外衣，也是延安这个天堂的主要标志之一。苦中作乐、化苦为乐、乐而忘苦，是整天在艰苦中打滚的鲁艺人的通常心理状态，连我这个皱眉头皱了十多年的新来者，也在不知不觉中展开了眉头。

我不仅展开了眉头，而且也和鲁艺人一样地微笑、大笑、捧腹大笑，这种爆炸式的笑声往往来自晚会——京剧晚会。

我生来与京剧有缘，六七岁的时候，我的大哥（一个比我大十四岁的豪放青年）牵着我的手带我到“浔阳第一舞台”看京剧，当台上正在演《乌龙院》的时候，大哥低下头来问我：“你看得懂吗？”我说我懂，大哥又问我：“你懂什么事？”我指着台上说：“那个女人不喜欢那个男人。”从此以后，这句话便成为几个哥哥笑话我的笑柄。母亲说：“这个孩子不肯长，只长心眼儿，是个早熟的梅子！”比我大两三岁的二姐用手指在脸上划着羞我说：“好酸哟！好酸哟！”大哥是个戏迷，每逢星期天都邀请三朋四友（中学教员）在我家客厅里敲锣打鼓，拉胡琴，唱京剧。父母对老大总是宽容，却不许二哥三哥他们参加。只有我倚小卖小，总是夹在人丛中听他们唱戏，我特别喜欢花脸和青衣的唱腔，我觉得一听声音，就能断定他是好人或坏人。

我家有很多《戏考》（一种专门刊载京剧剧本和剧照的丛刊），我在小学时期，就把那《捉放曹》《四郎探母》《汾河湾》之类的剧本看得烂熟。那都是20世纪20年代的事了。

20世纪30年代，三哥和我都在上海工作，1933年母亲去世后，父亲常来上海探亲。父亲住在南市的三哥的家里，他不看电影，只爱看京剧，每个星期天都由住在法租界的我陪父亲到各个有名的舞台去观光观光。那时候，上海只有几个著名的“角儿”叫座，所以很多剧场经常不能卖满座，台上无精打采的表演和台下无精打采的观众互相唱和，没有叫好的声音，也没有那种“飞手巾”和“嗑瓜子”的热闹气氛。就连那以“机关布景”为吸引力的《火烧红莲寺》也没有什么新奇，不过是在表演中突然把舞台上下的电灯全都灭了，在一团漆黑中，有个什么鬼魂似的模模糊糊的影子在观众头顶上兜圈子，一边转一边唱，唱的是刺耳的“四平调”，一会儿电灯亮了，观众仰头看看头顶上，什么也没有。这种以迷信欺骗观众的玩意儿，父亲不爱看，我更不爱看。后来父亲不要我陪他看戏，他自己去住所附近的小舞台看戏，几乎每天都去，父亲很满意地对我说：“麒麟童（周信芳）真是个角色，他会做戏，唱得也有味道，比租界上的好得多……你要不要也来看看？”

写到这里，我想起了旧社会的“草台班子”。所谓“草台”，是在农村空地上临时用木板和芦席搭起来的舞台，等到戏唱完了，这种低级舞台就马上拆掉。所谓“草台班子”，是指农民临时凑合起来唱戏的“自乐班子”，演唱的多半是地方色彩很浓的民间小戏，如南方的“采茶戏”“花鼓戏”之类。这种民间小戏的内容与农民的日常生活很贴近，唱的也多半是地方小调，生动活泼，所以看的时候是人山人海，有的城镇居民一听说某某庙会有“草台班子”唱戏，也不管十里二十里的远路跑去看。城市里的居民往往不准年轻人去看这种戏，说这种戏很“下流”。我在师范读书时曾经和同学到乡下去看过一次，我觉得演唱的都是农民们自家的事情，没有什么不好。所谓“下流”，不过是个别演员在演唱中夹着一些“色情”的暗示或露骨表演罢了。“色情”这东西在民间说唱艺术中普遍存在，京剧中又何尝没有呢？比如《探亲相骂》《小上坟》《十八扯》

等剧目中都不缺少。这种“色情”表演都是在堂堂正正的表演中突然跑出来探头探脑地亮亮相就马上过去了，其目的也不过是讨观众一笑而已，就好像在八大碗鸡鸭鱼肉的盛宴中总离不开几碟小菜来开开胃口一样。

我在回忆延安的晚会时为什么又提起旧社会的“草台班子”呢？无他，不过是我认为鲁艺的京剧晚会与“草台班子”有一脉相承之处罢了。

第一个类似之处是台上台下的同一性。“草台班子”的演员卸下装后是赤脚穿草鞋，台下的观众也多半是赤脚穿草鞋。鲁艺的京剧演员卸下装后是军衣、赤脚、布鞋，台下的观众也同样是军衣、赤脚、布鞋。台上台下心心相印，亲如一家。要知道，天下事难就难在亲如一家啊！

第二个类似之处是两者都拥有一个舒舒服服的自由表演天地。“草台班子”的舞台下没有座位，没有门，根本不卖门票，看戏的观众爱站在哪里就站在哪里，你的身子靠着我的身体，我的欢笑伴着你的欢笑，在共同的环境中享受着共同的观感。

鲁艺的京剧舞台是借用天主教堂的讲经坛，虽然嫌小，但演京剧完全可以凑合。坛前也是空地，座位是用长条木板和砖头临时搭起来的，观众爱坐在哪里就坐在哪里。裤腿上有两大块补丁的毛主席和军衣上没有补丁的红小鬼肩并肩地坐在一起，谈笑自若，行动自由，在共同的环境中享受着共同的观感，显示出这是一片别处看不到的自由天地。要知道精神劳动和体力劳动相结合是人类社会不断发展的最终目的，这种现象也只有天堂才有。

天下事有相同之处，也必定有不同之处。“草台班子”所制造的欢乐是暂时的，是不能持久的，而鲁艺京剧晚会所制造的欢乐却是持久的，这是天堂与人间最主要、最鲜明的区别。我对京剧晚会的迷恋，实际上是对延安这个天堂的迷恋！

我的迷恋除了关于客观实际——艰苦奋斗的物质生活和自由解放的精神生活巧妙配合而形成的天堂乐趣之外，也还有自己的主观认识，因而我对京剧晚会的关注日益加深。我认为延安的京剧无论是内容还是形式上都与旧社会的京剧有所不同。其一，它扫除了封建迷信之类的意识形态留在京剧内容上的烙印；其二，它在程式化的动作上添加了人人能够看懂的现代的表情，它在唱腔和道白中增加了能够让人听清楚的现代语汇；其三，它保留了京剧所独有的原汁原味。

京剧所独有的特色是什么呢？我认为京剧的特色与我国民间文学艺术的特色有共同点，特别是与造型艺术的特色一脉相承，这就是它们建立在写实基础上的写意，建立在现实基础上的理想，和牢牢站立在现实主义岩石上的浪漫主义。它的外部形象就是表现形式上的装饰风格（简称装饰风），东方艺术所独有的装饰风。

装饰风是我国文学艺术的老祖宗，历史非常悠久，比如诗词歌赋在表现形式上强调音韵、平仄、对仗等形式美上的装饰风，音乐（作曲与唱腔）上强调表现喜怒哀乐等感情色彩的情调美的装饰风，绘画、雕塑上强调形似与神似相结合、写实与写意相结合、现实与理想相结合的造型上的装饰风，等等。而只有二百多年历史的京剧的表现形式，更是这种装饰风的大汇合、大集中。

脸谱、扮相、亮相，人物性格的装饰风；唱腔中的西皮二黄，琴谱中的乐曲牌子，人物内心情感形象的装饰风；舞蹈、武打、程式化的表演动作，人物精神形态的装饰风；布景、道具、象征性的虚拟动作，典型环境和典型动态的装饰风；就连那震耳的开场锣鼓也把那即将到来的恬静世界装饰得有声有色！京剧舞台是集中装饰风味的大本营。

延安的京剧晚会，在物质条件的限制下，尽可能地保留了京剧的原汁原味。延安的京剧晚会和观众的纵情享乐是紧紧地联系在一起的。我是鲁艺京剧晚会每场必到的老主顾，我的记忆中有这样几件赏心乐事。

我非常爱看阿甲（原名符律衡）和方华合演的《乌龙院》，虽然他们夫妻两个都不是科班出身，可是有较高文化水平的非职业演员要比识字不多的职业演员高明百倍，所以他们对于剧中人物的性格和心理活动有比较深入的理解，因而进入角色，表现剧中人的一举一动也比较深刻。阿甲扮演的宋江俗中有雅，雅中有俗，既有那种单身汉在女性身边的屈从，又有那种封建王朝小官吏的故作矜持和傲慢，叫人对他既同情又不同情。方华扮演“半开门”妓女，也把那在不喜欢的嫖客面前“撒泼”的刁妇形象演得入木三分，叫人对她生厌。记得有一次在演完《乌龙院》之后接着演《坐楼杀惜》，演到宋江把梁山好汉邀请他入伙的文书放在招文袋里带到乌龙院后，这份性命攸关的招文袋被阎惜娇扣留，她对宋江百倍刁难，不肯还给宋江，并且将它作为要挟宋江写“休书”（即离婚证书）的抵押品（这些情节都交代得清清楚楚）。当演到宋江万分焦急，不得不抽出刀子时，台下有个红小鬼不禁大叫起来：“这个婆娘该杀！这个婆娘该杀！”引得台下一片笑声！应该说，红小鬼这一声呐喊实际上代表了多数观众的心声！

聪明的鲁艺人多半是多才多艺的，以漫画出名的华君武却拉得一手好胡琴，据说，他的京胡是师从徐兰苑（徐是梅兰芳的琴师）的，他常常在鲁艺的京剧晚会上客串。记得有一次演《苏三起解》，扮演苏三的是任钧，扮演解差的是王一，他们两人也是延安有名的青衣和小丑，拉京胡的恰恰是华君武。当演到苏三正在半路上又哭又唱时，京胡的琴突然断了，又没有别的琴可以代替，华君武发了急，连忙嘴里高声叫“隆格尔东、隆格隆里东……”来代替琴声，这一下惹得台下好像开了锅，大家哄堂大笑！连台上的苏三也笑了起来！

还有一次晚会是演《三堂会审》，扮演王金龙的是小生任桂林，当他演到会审后因受刺激心病发作时（用一手扶头坐着就算病倒），衙役连忙去请医生来给王大人看病，扮演医生的是一个有名的内行老手（我把他的姓名忘了），他一出场的那几步台步就把一个迂腐的、寒酸的胆小鬼演得淋漓尽致、惟妙惟肖。他在王大人的脚下拜倒三叩首时，全身匍匐在地上，撅起屁股，双脚高高跷起，像鸡啄米似的叩头，那副丑态早已引得台下前俯后仰。等到他爬起来给王大人号脉时，他面朝台下，脸上那一会儿惊愕，一会儿迟疑，一会儿惶恐的表情，搞得台下哄堂大笑，而且笑声连续不断。

这次晚会毛主席正坐在我的前两排，我在大笑中看见他正回转头来看后面的观众，他的脸上正浮动着一种天真的、浑厚的、忘我的笑容，我再看看别的观众，脸上也同样浮动着这种笑容。这种笑容我在别处从来没有见过，这种笑容只有乐观主义者才有，也只有延安这个赤脚天堂里才有。

关于动手动脚

我永远不会忘记一幅壮丽的图画，那是在伟大的开荒者们的歌声中，一轮圆月刚刚爬上山岭，圆月在开荒者们脚下不住地晃动的图画在我前面引路。

农历七月十五是中元节，按照我家乡的老规矩，这是祭奠历代祖宗的节日。那天早晨，我父亲叫我端个梯子爬到客厅正中上方的神龛上去抄一份历代祖宗的名单。当时我已经十四五岁了，如果生长在农家，早已顶上大半个劳力了，可是我身材矮小，力气更小，端个沉重的木头梯子在手里，连几步路也走得东倒西歪。母亲早就晓得我的无力，她守在梯子下面，对我说：“你爬上去要小心呀，一步站稳了再跨上一步，千万不要摔下来呀！”我一步一步爬到高层，有些心慌意乱，勉强把祖宗的名单抄完爬下来时，已经快到地面了，还是一脚踏空摔了下来，所幸没有倒在地上。母亲看见我这一副狼狈样子，长叹一声地说：“怎么得了啊！这孩子只会读书、画画，动手动脚的事一点儿也不会！”

这是我听惯了母亲对我的多次赞扬之后听到的第一次责备，印象特别深刻。我自己早就知道自己的缺点，所以对母亲的埋怨并不反感。

谁能知道，我29岁时到了延安，延安这地方却是一个处处需要动手动脚的地方，可是我一点也不害怕，因为在我的心里，从20世纪30年代开始，就有个幽灵似的“理想”在我前面引路。我去延安，给我引路的是“只有共产党能够救中国”的理想。我到延安才两天就主动要求参加开荒。我永远不会忘记一幅壮丽的图画，那是在伟大的开荒者们的歌声中，一轮圆月刚刚爬上山岭，圆月在开荒者们脚下不住地晃动的图画在我前面引路。

理想如同吹鼓手，
打打吹吹，总在前边走；
一听鼓声心抖擞，

眼前哪怕风光丑！

这是我20世纪70年代参加劳动改造以后写的一首《蝶恋花》的前四句，我把它抄在这里，说明我为什么不害怕动手劳动的心情。

在这里，我要回忆我第一次参加开荒的心理状态和实际状态。那是一种十分强烈的新鲜感，是一种从孤孤单单的个体劳动到第一次融入热热闹闹的集体劳动的新鲜感。扛在肩膀上的那个又粗又笨的锄头，绝不似小巧的笔杆儿那样轻松，锄头的那一股压力时时刻刻提醒你它在你的肩膀上。可是新鲜感超过了压力，我期待着体力劳动的到来。

哨子一吹，我们列队出发，从山下走向山坡。我被夹在队伍的中段，一边走一边看看前面，看看后面，第一次感到我是和“大伙儿”在一起。我的西服皮鞋在一色的灰布军装、赤脚、布鞋中非常打眼，就好像是暖色的调色板上的一种冷色，这种“异己”的颜色逼得我好不自在（我一回到窑洞就马上脱下西服皮鞋，换上了从重庆办事处出发时发给我的军服），我认为个体要与集体完全一致才好。我看见别人的脚步坚实，我连忙把自己的腿拉直；我看见别人都昂首阔步，我也赶快把胸脯挺起来。我认为别人能够做到的，我也应该能够做到。当我们踏上高坡的斜路时，肩膀上的锄头更沉重了，我暗暗嘱咐自己：“别管它，别管它！”就这样，我们走到了开荒的目的地，一片披挂着枯黄野草的山坡。

队长是老红军老黄，五十来岁，一口四川腔。他向大家指出开荒的范围，叫大家休息片刻，等他吹响哨子再开荒。哨子一响，大家站起来举起锄头向这一片荒地进攻，我也举起锄头用力地往地上掘，哪里知道陕北的锄头柄很短，一锄头下去几乎挖在自己的脚上，不免“啊呀”一声。丁里在我前头，他回头看见我锄头离脚尖很近，赶快对我说：“你要当心呀，这锄头柄很短，前些时有个同志锄头挖在自己脚上，流了很多血，你记住一定要弯腰、要弯腰，锄头离脚起码两尺多远，才能够挖得深。”我连忙点头，也不好说自己举不起锄头，只好说我以后慢点就行了。老黄知道我们这些拿惯了笔杆儿的知识分子使不惯锄头，只有五分钟就吹哨子休息一次，休息时老有早来的同志和我谈天，告诉我许多关于体力劳动的诀窍。我深深感到个体劳动者参加集体劳动时就仿佛自己身上多长了一个脑袋，凭空知道了许多不知道的事情。心里一高兴，手中的锄头也轻了许多。

不久，我由于吃不惯小米干饭而生了一场大病，高烧不退、拉血，要不是拐峁医院的黄树则同志对我精心治疗，早就一命呜呼了。

鲁艺的开荒运动，每年的四五月间都有一次。等到1942年我又拿起锄头时，小米饭换成大米饭了，我的锄头也和大家一样能够挖得很深了。不过，我又经历了一次惊险事故，我又闯过了一道难关。体力劳动对我来说，就是闯过一个又一个难关。

鲁艺从北门外搬到桥儿沟以后，开荒的领队换成了老红军老薛，这是个年纪不过四十来岁的北方人，身材高且挺得笔直，不喜欢多讲话，惯于埋头苦干。有一次开荒的队伍出发，老薛对大家说，他带领我们爬一次高坡可以少走七八里路。谁知道他说的高坡实际上是一段八九米高的没有路的悬崖绝壁，他把大伙儿的锄头都收集起来，自己一个人一次背五六个锄头往悬崖上爬。他先示范给大家看，先用脚尖踩着悬崖下面突出的石头块，又用一只手抓住上面的石头缝，弓着身子一纵一纵地往上爬，他动作敏捷，不过十多秒钟，就爬上去了。他放下锄头，又从悬崖上爬下来，他就这样背着锄头如履平地地爬了四五趟，于是他要我们也像他一样地往上爬，他说：“你们是空手，可以用两手抓石头，两脚踩石头，这还不容易吗？”大家没有二话，几个身体结实的打头阵，学着老薛的样子往上爬，可是我们的难处是脚下不容易找着垫脚的石块，头上不容易找到可以抓住的石头缝，就是找着了也还要试试牢靠不牢靠。这样手忙脚乱地好不容易第一个人上去了将近一人高，第二个、第三个又接着往上爬，速度慢多了。我落在后面，倒数第五人，也学着头顶着别人的脚，脚踩着别人的头往上爬，有几次没有找着石头缝，只抓住草根，连草根也拔出来了，心想这好险哟，这可不能摔下去，摔下去就要连累下面几个人。我的老办法是宁可慢一点，把跳得很快的心镇定下来，就这样坚持往上爬，终于爬上了顶峰。

我放眼四顾，嚯！真正是苍山如海，从近到远一排波浪接着一排波浪，海的尽头是天，天的尽头是海！自己仿佛置身于九天云外！“无限风光在险峰”！我的确是在经历惊险之后看到了无限风光啊！

我再看近处，大家都零零落落在休息，何其芳离我最近，我看见他坐在横在地上的锄头柄上休息，喘息未定，脸上有一种特殊的表情，是那种冲过艰险的难关之后，一种怡然自得的表情！这是延安这个天堂中的普遍的表情啊！

我深深感觉到从个体手工业的精神生产劳动者转变为集体手工业的体力生产劳动者，是社会在大踏步前进的征兆，就如同将来某一天，从事体力生产劳动的劳动者转变为精神劳动者也是社会在大踏步前进的征兆一样。体力生产劳动与精神生产的交流，是人类社会不断发展的动力。人类的前途是无限光明、无比辉煌的。

我深深感到，我的真正的、名副其实的身份，是个体手工业的精神生产劳动者，我的长处是精神生产劳动，我的短处是个体手工业，

古元《开荒》

两者加在一起，我才成为有长处也有短处的劳动者。20世纪30年代张戈说我是小布尔乔亚，张春桥骂我是典型的小资产阶级，都没有说到“点子”上，忘记了“生产劳动”这个重心，都不免离题万里。

我在体力生产劳动中，很注意同志们的劳动姿态，我认为这里存在着“劳动美”，是一切美的事物中最为高贵、最为难得的“美”。农民画家米勒的《播种人》与《倚锄的人》，我国民间美术中的“耕织图”与“渔樵耕读”都是描绘“劳动美”的出色作品。“劳动美”是造型艺术的永恒主题，20世纪30年代鲁迅先生领导大批木刻家继承了这一主题，在渲染劳动美之前先描绘了劳动苦，这是实事求是的。只有中国共产党把劳动苦改变为劳动乐，“美”才从复活中成长起来。红军老薛是真正的劳动者出身，他在开荒和播种方面都是一把好手，我觉得他的姿态比米勒的画中人更开朗、更舒畅，可惜的是这么多画家没有一个人带速写本来，因为大家都遵守劳动纪律。

老薛是个老实人，他播完种以后带领大家回去，他对大家说：“我们不用绕路，只要站直身体，脚跟落地，一步一步踩着浮土滑下去！……”他又带头走给我们看，果然脚跟落在浮土上，一步就滑下差不多一米远，这比爬悬崖容易多了。我也跟大伙儿夹在一起，一步一步滑下去，比电梯还快，真是飘飘欲仙！从十几米高的山顶滑下，几秒钟就到了山脚下。我们又一次尝到了劳动的乐趣，就连我这个不会动手动脚的笨蛋，也居然在延安学会了开荒的全过程。

1943年边区大生产运动全面展开，毛主席写的“自己动手，丰衣足食”八个大字是我们铭刻在心版上的。“自己动手”这句话是我们早已在劳动实践中心领神会了的，而现在在“足食”之后，又出现了“丰衣”的新节目。“丰衣”的前奏是纺线，我们每人领了一架纺车。

开荒是手脚一齐动，纺线是只动手不动脚。在陕北，纺线是只有“婆姨”（妇女的俗称）们才干的活儿，她们盘着两条腿坐在炕上纺线，男子汉不屑对她们看一眼。可是，生产运动头上加一个“大”字，就说明这活儿是大家都干的。听说，毛主席和周副主席每人都领了架纺车放在他们的窑洞里，很难想象，这些高高大大的军人是怎样盘着两腿坐在地上纺线的，我盘不了腿，情愿坐在“小马扎”上弯着腰去纺，免得受罪。

先说说我们的纺车，南方的纺车是六根轴，陕北的纺车却是八根轴，又细致又灵巧，和粗笨的锄头完全两样，把纺车放在窑洞的门口，从外面回来，一看见它就像家里来了一个稀客似的。

我们要纺成线的不是棉花，是洗净了的蓬松的羊毛，先把羊毛搓成羊毛卷儿，再把卷儿纺成线。纺羊毛与我们的“丰衣”密切相关，每天花三四小时纺毛线，也比开荒轻松得多。它的特点是左边摇纺车的左手必须与右边抽线的右手互相配合，快慢一致，绝对不能闹独立。说起来很微妙，两只手都是靠着“感觉”办事，左手是靠纺车微微震动的“感觉”，右手是靠连接在铁棒针上的羊毛在指尖上微微震动的“感觉”，两种震动的轻重与快慢完全一致，毛线才会纺得粗细一般匀称。这种微妙的感觉只有在不断的实践中才能“一回生，二回熟”地达到目的。

另外，我要说说自己纺线时的心情。这种仅仅动手不动脚的体力劳动，却有较多的时间动脑筋。眼睛紧盯着指尖上的羊毛，但纺车的微微震动，指尖上羊毛的微微震动，却可以引起心灵的微微震动。这种微微震动不是散文，只能是诗，是和指尖上的羊毛一样慢慢抽出的诗，这不是自作多情、时时刻刻地惦记着的诗，而是和羊毛一样的自动抽出来的诗。

“纺不尽，音和韵，是诗情，听我纺车时刻在低吟！”

这里我要声明一下，在延安窑洞里住了两三年之后，我已经在不知不觉中抛开了马雅可夫斯基式的长短句，改换成我国唐宋时流行的长短句了。

由于纺羊毛与“丰衣”有关，鲁艺的生产委员会在收集大家的毛线时要评等级，线较细，而且比较匀称的是头等，线较粗，而且时粗时细的是二等或三等。我纺的线多半是头等，可是我有一个明显的缺点，因为纺得慢，所以数量总不如人。王曼硕对我说：“你在纺线时动脑过多，所以比别人慢！”这是笑话，也是实话！

大概是1943年的冬天，生产委员会宣布纺羊毛告一段落，又把收集起来的毛线混合在一起，发给每人两斤左右，要我们把毛线织成毛衣自己穿。

我的毛衣不用自己织，有夏蕾上山来帮忙。她先把细毛线合成四股粗毛绳，然后很快地织成了很合身的新毛衣。穿在身上特别舒服，因为这是在享受自己的劳动果实！

记得是农历春节之后，八九晴天，桥儿沟东山上的教员们都穿着雪白的新毛衣走出窑洞来“亮相”，大家一见面，都不免“嗬嗬，我们都是新毛衣！”“嗬嗬，我们都是新毛衣！”……这种言语不多的自己赞自己的赞歌，看来也只有延安这个天堂里才有！

我欲因之梦陕北，
丰衣足食闹天堂！

宏观世界的开辟

社会生活『是一切文学艺术的取之不尽、用之不竭的唯一的源泉』，这一基本原则强调了文艺创作的独一无二的来源，强调了失去这个来源就从根本上取消了创作实践。

（一）

第一印象往往是最深刻、最不容易消失而且常常在记忆中出现的印象。第一印象是客观真实与主观敏感相结合的产物。

毛泽东同志给我的第一印象，是身经百战的瘦削身材、一头蓬松的长发、一双炯炯有神的洞察一切的眼睛。我记不清楚这个印象是从斯诺的《西行漫记》还是从别的书本上得来的，总之，这是20世纪30年代的事情。自从20世纪40年代我来到延安以后，毛主席到鲁艺来讲话或看晚会不止两次三次，尽管他已经渐渐发胖了，但长发依旧，眼神依旧，他给我的第一印象并没有改变。

我在延安窑洞里住了三年之久，毛主席的著作是我们这些文艺工作者的日常课本，给我们在文化思想上增加了许多新认识、新见解。《整顿党的作风》和《新民主主义论》，都给予我一个回顾“五四”新文化运动以来历史情况的机会，主席称我所敬仰的鲁迅先生为革命文艺的旗手。这一点令我备感亲切。我心目中对主席的第一印象，在马兰草纸上印的字里行间更加鲜明、更加突出了。

1942年的红五月，我和鲁艺的许多同志参加了凯丰同志主持的延安文艺座谈会。我记得，在最先两次专家发言的时候，毛主席在台上亲自做记录，由于我的座位与毛主席的距离很近，我就有时间观察他的一举一动。我想证明一下我心目中的第一印象和毛主席的本来面目是否相符，就放弃了听专家发言，而把注意力集中在视线上，就好像一个正在吸母乳的婴儿全神贯注地注视着母亲的面孔一样。

我很欣赏毛主席袖子上和裤腿上那几块特大的补丁。它们在衣服上并没有补丁的人群中显得突出。我想，毛主席肯定是一个勤于体力劳动的革命现实主义者，补丁就是突出的标志。我更欣赏毛主席那目不旁视，时时沉浸在深思中，专心记录的神态。我想，毛主

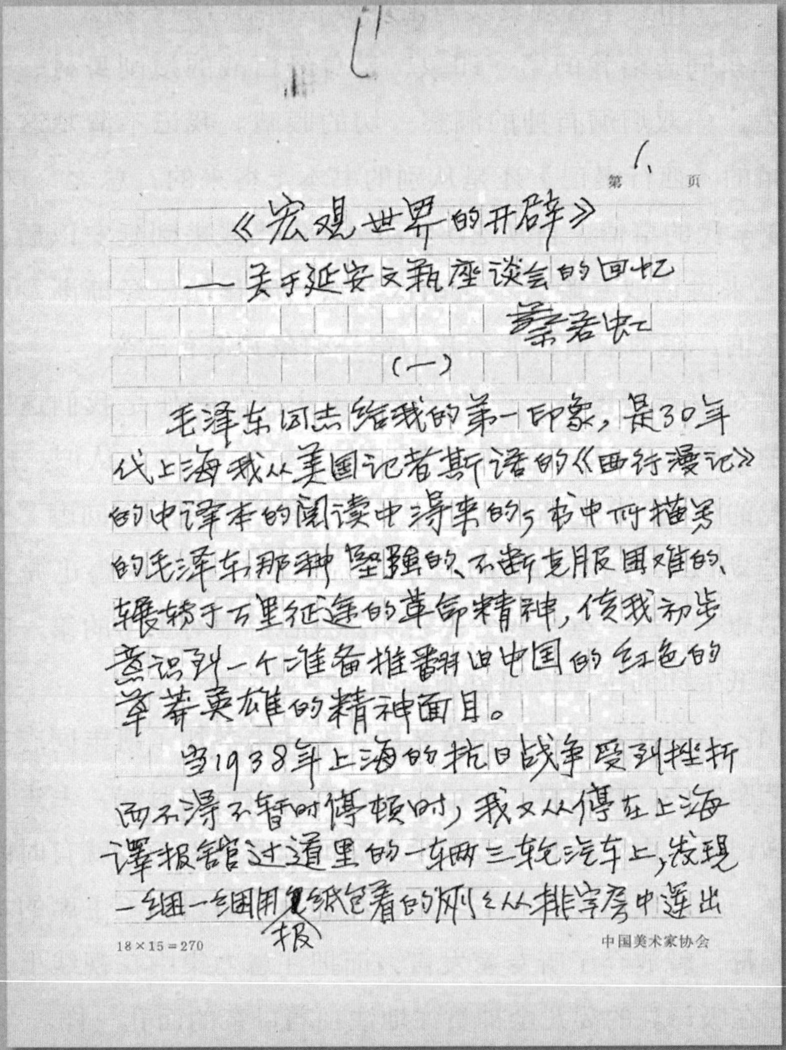

第 1 页

《宏观世界的开辟》

——关于延安文艺座谈会的回忆

蔡若虹

（一）

毛泽东同志给我的第一印象，是30年代上海我从美国记者斯诺的《西行漫记》的中译本的阅读中得来的；书中所描写的毛泽东，那种坚强的、不断克服困难的、辗转于万里征途的革命精神，使我初步意识到一个准备推翻旧中国的红色的革命英雄的精神面目。

当1938年上海的抗日战争受到挫折而不得不暂时停顿时，我又从停在上海译报馆过道里的一辆三轮汽车上，发现一捆一捆用报纸包着的刚刚从排字房中送出

18×15＝270　　中国美术家协会

《宏观世界的开辟》手稿

席又是个勤于思想活动的革命理想主义者，埋首深思就是最鲜明的特点。我很高兴，毛主席的本来面目和我心目中的第一印象完全吻合。

在专家发言中，我只记得萧军的发言最长，他身旁有个人提一壶水时时给萧军添水，一壶水全喝完了，他的话还没有说完，那个提水壶的人又去后面打水去了。

我记得诗人艾青的发言很短，他主要是批评周扬是宗派主义的典型。后来，周扬自己的发言中有一段很幽默，他说："……好了，现在又多了一个典型，除了哈姆雷特、堂吉诃德之外，又多了一个周扬！"我连忙看看毛主席，他仍然在专心做记录，脸上没有任何表情。

第四天毛主席作总结我去得更早，很遗憾，他满口的湖南腔我实际上只听懂一半，尽管如此，我还是觉得他的讲话内容很丰富、很生动、很有说服力，如同一柄沉重的斧头往我的脑门上砍，硬是把他鲜红的思想琼浆往我的脑门里灌。我直觉上感到，他站得很高，看得很远，从表面现象一直看到骨子里。他讲的话都是我没有听见别人说过，别的书本上也没有写过的话，他对文学艺术的理解就像他对战争的理解那样纯熟，那样透彻，那样准确。这种直觉，逼得我后来把铅印的《在延安文艺座谈会上的讲话》原文一读再读，让不太理解的跨进理解的大门，让已经理解的踏入理性的堂奥。从40年代到90年代，这50多年理性认识的积累，我似乎摸着了真理的门槛。本来就喜欢将抽象事物加以具象化，本来就喜欢将这一形象比喻为那一形象的我，在完全理解了毛主席的《在延安文艺座谈会上的讲话》以后，便自动地将毛主席给我的印象比喻为远古神话中开天辟地的盘古氏，我把毛主席看作是一个披着红色斗篷的现代盘古。盘古氏手中有两柄巨斧，毛主席手中也有两柄巨斧，一柄开辟物质世界，一柄开辟精神世界。精神世界在观察方面有微观与宏观之分，我从《在延安文艺座谈会上的讲话》（后文简称《讲话》）内容来看，可以肯定毛主席开辟的是宏观世界，是指引着微观、领导着微观一道前进的宏观世界！

（二）

只要你敢于寻根问底，你终究会明白，天下许多事物都是一分为二、合二为一的。分是同一体系的分工，合是同一目标的合作。分工是各司其职、各尽所长，不得混同。合作是互相依赖、互相帮助、相依为命，不得分离。

人类精神世界中的观察活动也是一分为二、合二为一的，一部分是微观，另一部分是宏观，它们的共同事业是负责人间万象的具体观察，从感性到理性、从现象到本质、从个体到群体的观察。它们的分工是，微观专门从对个体的观察出发，从这一个体到那一个体，从这一侧面到那一侧面，从这一视角到那一视角，越仔细越好，不可敷衍了事。宏观是专门从对群体的观察出发，把分散的集中起来，把片面的联系起来，把局部的归纳起来，越透彻越好，不看透决不罢休。

微观是观察活动的基础，宏观是建立在基础上的上层建筑。失去了宏观的微观，就失去了观察的向导，失去了方向，失去了灵魂。失去了微观的宏观，就失去了立身之所，失去了活力，失去了观察的根据。

如果把文艺事业与观察活动联系起来，文艺作品的构成也是一分为二、 合二为一的。文艺作品的表现形式、作品的艺术性、作品的现实主义都从属于微观活动，作品的题材内容、作品的思想性、作品的理想主义都从属于宏观活动。就跟微观不能脱离宏观一样，作品的形式、艺术性与现实主义也是不能脱离作品的内容、思想性与理想主义的，也是合二为一、相依为命的。这是文艺事业发展的规律，规律是不容破坏的。

然而从文艺创作的实际情况来看，文艺工作者们总是偏重于微观，偏重于作品形式，偏重于作品艺术性和现实主义的，这是出自文艺创作的本能，是无可非议的，就像哲学工作者偏重于宏观一样。可是有偏重就存在着失去平衡的可能，失去了平衡就可能造成两者分裂，或是若即若离，以致最后脱离关系，同时也就形成了作品形式脱离内容、艺术性脱离思想性、现实主义脱离理想主义的悲剧现象，造成文艺创作远远落后于时代前进的脚步的现象。在漫长的文艺发展的进程中，除了合二为一的民间文艺以外，除了非常敏感的革命文艺之外，这种文艺落后于时代的可悲状态几乎是连续不断地存在。这样看来，宏观的确是人类精神生活的灵魂。

文学艺术与科学技术本来是人类精神生产劳动实践的两大尖端产品，邓小平同志赞扬科技是第一生产力，其实，文艺又何尝不是第一生产力。党中央称赞科技可以立国兴邦，其实文艺又何尝不可以立国兴邦。可是我这个意见不能提得太早，这两顶桂冠目前还不可能戴在文艺事业的头上。事实上文艺并没有与科学并驾齐驱，科学已经跑到世界的前列了，而文艺却由于微观与宏观的分裂、形式与内容的分裂、艺术性与思想性的分裂等原因，走走停停，停停走走，远远落后于时代。从这些事实看来，文艺工作者宏观世界与微观世界的结合，将是促进文艺事业快步前进的唯一动力。

（三）

毛泽东思想的科学价值，在于它与当前实际情况和需要紧紧相结合。1942年是陕甘宁边区的新民主主义革命大踏步前进的时期，毛主席发现整个文艺事业停步不前的原因是文艺工作者宏观世界的贫乏，他在文艺座谈会上的讲话就是针对这一客观实际的迫切需要而畅所欲言的。毛主席把他的思想斧头对准文艺界的头脑，有力地、仔细地开辟一个新的宏观世界。

我就是在迷梦中被斧头的震动惊醒的，揉着惺忪的睡眼，开始接受斧头沉重的力量。

《讲话》中的第一斧头是斫在“为什么人，如何为”这个文艺的基本原则上。我马上回想到我开始在上海画漫画的时候，心里只有个抽象的“为革命而创作”的想法，从来没有想到为什么人而创作，而毛主席却把抽象词句落实在工农兵的身上，工农兵是进行革命的主人翁，这就使我十分明确认识到今后的服务对象了。有人在毛主席去世后认为“为工农兵服务”的提法早已过时，他们认为为什么人服务的问题是随着时代的变化而变化的。说这话的人只知其一而不知其二，随着时代变化是暂时的，是不能持久的。“为宗教服务”“为宫廷服务”“为士大夫服务”“为有钱人服务”“为自己服务”的确走过一段漫长的弯路，可是只有为劳动人民及其武装服务（即为工农兵服务）是文艺的最早的出发点，又是最后的归宿，这是永远不变的。

立场观点问题是震动我灵魂的第二斧头。《讲话》中在谈到“我们是否废除讽刺”时说：“但是有几种讽刺：有对付敌人的，有对付同盟者的，有对付自己队伍的，态度各有不同。”“如果把同志当作敌人来对待，就是使自己站在敌人的立场上去了。”这句话简直刺到了我心眼里，因为我在前些时举办的讽刺画展中，我自己就有两三幅作品的确是站到敌人的立场上去了。这一斧头令我痛心疾首，立下了痛改前非的决心。

《讲话》中的第三斧头，是提出了文艺创作的几个基本原则。

文艺作品“是一定的社会生活在人类头脑中的反映的产物”，这是第一条，它突出地说明了人的头脑的主观能动性，作品的内容选择，作品思想性的高低，作品中来自生活而又比生活更高的理想都与作者的头脑密切相关。这一论点与我国古代画论中的“中得心源”是一脉相承的。

社会生活“是一切文学艺术的取之不尽、用之不竭的唯一的源泉”，这一基本原则强调了文艺创作的独一无二的来源，强调了失去这个来源就从根本上取消了创作实践。社会生活和作者头脑是作品的原料与加工厂，它们与画论中的“外师造化”也是一脉相承的。

第三个基本原则就是“为工农兵服务”。

最后一个基本原则就是文艺作品的美比实际生活更美。为了说明这一原则，《讲话》中特别提出了文艺创作的六个重要因素：“更高，更强烈，更有集中性，更典型，更理想……更带普遍性”，在这六个因素中，“更理想”又可以概括其他五个因素。因此，第四个原则的实际内容应该是理想的美比实际生活更美。我认为，这一基本原则已经到了明朗化的时候了。

《讲话》中的最后一斧头，是提出学习马克思主义的重要性。“学习马克思主义，是要我们用辩证唯物论和历史唯物论的观点去观察世界，观察社会，观察文学艺术，并不是要我们在文学艺术作品中写哲学讲义。”这一斧头特别重要，它指出我们的学习重点是用在“观察”上面，是要用辩证唯物论和历史唯物论的观点去观察。好了，我完全醒过来了。这种观察的具体化是什么呢？它就是宏观，带领着微观一同前进的宏观！

说实在的，毛泽东的《讲话》在文艺工作者的头脑中开辟了一个宏观世界。

兵与歌

延安是民歌之乡、民歌之海，只有歌声与沉默的群山对抗，把太阳歌唱得上升下落，把群山呼唤得用新绿代替枯黄！

在延安，人人都是当兵的，人人又都是唱歌的。兵是脊梁，歌是口舌，兵是歌的终身伙伴，歌是兵的精神武装。

在延安，兵是单纯的、行动一致的、服装一色的，而歌，却是复杂的、声调不一的、多彩多样的。有雄浑的歌、激昂的歌、悲愤的歌、低沉的歌……歌颂光明，歌颂胜利，歌颂天翻地覆，歌颂雄心壮志，也歌颂婉转柔情。歌声仿佛是个化装师，把一色的兵打扮得千姿百态，使他们如同扮演了各种不同角色的演员。

在延安，除了兵之歌以外，还有民之歌。那骑在毛驴背上的歌，那挂在锄头柄上的歌，那伴随着连枷飞舞的歌，那跟随着磨盘旋转的歌……《东方红》《信天游》《三十里铺》《五哥放羊》……还有那站在高高的山坡上面对着酣睡的群山高声呼唤的、各种各样的土腔土调。延安是民歌之乡、民歌之海，只有歌声与沉默的群山对抗，把太阳歌唱得上升下落，把群山呼唤得用新绿代替枯黄！

在延安，兵之歌与民之歌是手牵手的哥哥弟弟，各自独立而又互相依存。兵之歌把民之歌当作家常便饭，民之歌把兵之歌当作精神会餐！吃完了又互相交杯！

我是兵，一个只会拿笔不会拿枪的艺术兵。我在延安整整待了7年。20世纪30年代，木刻家胡一川曾教我唱《国际歌》，作曲家聂耳曾教我唱《义勇军进行曲》，这都是兵之歌，是引导中国前进的火炬，曾经让我在低吟浅唱中念念不忘。在20世纪40年代的延安，7年的岁月使我沉浸在歌声的海洋中，歌的多样性大大地丰富了我的精神生活。我把歌声当作粮食，细细地咀嚼，细细地品味，不在乎会不会唱，只在乎耳朵会听，而且总是让眼睛帮忙，把声与色紧紧地联合在我的心版上。我的老伴曾经笑我："别人都是听歌，只有你是看歌！"的确，只有看与听的结合，才能让歌声在我的记忆中生根！现在是20世纪90年代末，我的记忆力在衰退中时起时落，但在我记忆中生了根的歌声，只要一想起就有声有色地出现在我眼前的只剩下三种，那就是桥儿沟之歌、清凉山之歌及八路军大礼堂之歌。这三种歌是我从记忆中把它们归纳起来的，因为具体的歌我已经记不清楚了，被时间抹煞了。现在趁我的笔还能继续工作，我要赶快把这三种歌声捉住，赶快记录下来。

桥儿沟之歌

桥儿沟是鲁迅艺术文学院的所在地，自从1939年冬鲁艺从北门外搬到桥儿沟以后，这个寂寞的山沟从此就早早晚晚地荡漾着歌声，本来是以教堂的尖塔与沟旁几棵柳树为标志的地方，却因不断的歌声而远近闻名。

我在桥儿沟东山的窑洞里住了7年，令我念念不忘的歌有这样几首：

首先是《黄河大合唱》，这是鲁艺音乐系推出的大合唱，也是兵之歌，是由那些把风纪扣敞开、把军帽扣在后脑壳上的艺术兵唱出的，有独唱、对口唱，但主要是合唱，由多种形式组成。这是把黄河的汹涌澎湃与抗日军民的怒吼融合在一起的声音，是激昂、慷慨、悲愤、凄凉和壮丽的交流与共响，是受苦人民与英雄儿女的低唱与高歌。我几乎天天跑下山去听，百听不厌，我的心总是伴随着歌声在打鼓，在无声中共鸣！

给我在视觉上印象很深的，是大合唱的作曲家和指挥者冼星海。20世纪30年代在上海我就和他认识，那时他是个英俊的南国青年，而现在，他却上着军帽军衣，下着短裤，赤脚穿草鞋。他那笔直笔直的背影，随便折一枝柳条儿做的指挥棒，引导着歌声起伏的有规律上下挥动的右手，看起来的确很美很美，比那穿燕尾服、打白领结的洋鬼子打扮，简直漂亮一千倍、一万倍！

由冼星海指挥的《黄河大合唱》是新民主主义革命时期延安的兵之歌，它代表了抗日军民的雄心与决心。

其次是鲁艺戏剧系导演的秧歌剧《兄妹开荒》与《夫妻识字》。这种由短小的戏剧情节与地方民歌的土腔土调相组合的秧歌剧是延安文艺战士的一大发明，我看了又看，觉得很活泼，很新鲜，很适合农村露天表演。在这里，我特别记住了演员王大化与李波（他们扮演开荒的兄妹）、王家异与韩冰（他们扮演识字的夫妻）四个人的大名。他们一律陕北老乡的打扮，一律陕北老乡的语言动作，唱的小调儿又与陕北民歌的腔调合拍，剧中的情节又是与当时陕北老乡的切身利益密切相关的事情。只要锣鼓一敲，山坡空地上立刻挤满了人，他们叽叽喳喳地评论演员，评论语言像不像，歌唱得好听不好听。王大化那种陕北小伙子粗野的歌喉，以及从硬邦邦的鞋里倒出许多泥土的小动作，韩冰那种陕北婆姨的打扮以及比较熟练的陕北腔调，都是老百姓评论的中心。难怪有的老乡说："鲁艺的秧歌送到家家户户门口，好像是一碗滚烫的鸡汤！"

毛主席不仅在《讲话》中号召文艺工作者应当与"新的群众的时代"相结合，而且告诫鲁艺师生要从"小鲁艺"走到"大鲁艺"去。鲁艺的秧歌剧就是与"新的群众的时代"相结合的第一步，也就是为走向"大鲁艺"在群众中打响的第一枪！

再其次，是震撼了延安、震撼了陕北的新歌剧《白毛女》的登场。这个歌剧讲述的是几千年来"耕者无田"的旧时代结束之前的最后一个悲剧。它具有两个引人注目的特殊性。其一是由曾经在华北广泛流传的民间传说改编而成。所谓民间传说，其实是老百姓心血的结晶。其二是采用了华北广泛流行的河北梆子的基调，那种无比激昂的歌声其实也代表了老百姓的心声。这两个特殊性的结合，正是我国新歌剧的发展方向。

白毛女是一个受地主迫害而逃亡到深山野岭中的无依无靠的孤女，她在逃亡中那种高昂的“我要活……我要活……” 的呼声几乎把所有观众的心肝都撕裂了开来。这哪里是一个被迫害的少女的歌声，这简直是几千年来被侮辱、被迫害的冤魂的呐喊，与当时正在日寇铁蹄下挣扎的善良老百姓的心愿取得了强烈的共鸣。只有深入人心，才显出艺术的真正魅力！这个戏我从延安看到北京，看到喜儿的扮演者三换其人。无论是林白的可怜面目、王昆的反抗风姿，还是郭兰英的嘹亮歌喉，都令我伤心落泪！这个戏是勇敢地把旧时代的黑暗和新时代的光明做一鲜明对比的戏，让人百看不厌！

桥儿沟之歌基本上是兵之歌与民之歌的紧密结合，从“为工农兵服务”开始，兵之歌实际上是“为民之歌”。

清凉山之歌

清凉山是延安众多东西向的山之中唯一南北向的一段孤山，它又是抗日军政大学的所在地。山腰上一大排齐齐整整的窑洞，窑洞门前晒着许多白色的被褥，这就是抗大的标志。

清凉山之歌实际上是抗大之歌，每当旭日东升或夕阳西下的时刻，凡是走过清凉山脚下的人们，都能够听见一阵阵嘹亮的歌声，可是却看不见一个人影，仿佛歌声是清凉山唱出的。

清凉山脚下有一个延安少有的十里荒芜的广场，这是从桥儿沟到延安古城的必经之道。1941 年有一段时间，我早晚必须从这里经过，每次经过这一广场时，我总有一种异样的感觉，好像这里另有一番天地，因而内心也有另一番情绪。

天，是板着面孔冷漠无情的天；地，是空空洞洞无比荒凉的地；山，是没有春夏秋冬，一年四季都是一片赭黄的山；水，是时涨时落、放荡不羁的水；还有城，那个坐落在广场终点的城，那个依山而筑，被日寇飞机轰炸得没有一点点人间烟火的空城，我一走近它，就马上想起宋朝范仲淹《渔家傲》中的名句："千嶂里，长烟落日孤城闭！"啊，长烟千嶂……落日孤城……一走近这里，时间更显得苍茫，空间更显得荒凉，脚步就不免彷徨，心情就不免惆怅、凄凉！这是个典型环境，是个令人百感交集的环境！

就在这时候，歌声从清凉山脚下飞来，是一种与环境完全相反、完全对立的歌声！远听，仿佛是酣睡的春雷初醒；近听，又好像沙场上千军万马在奔腾；乍听，以为是一系列金属车轮在滚滚前进；常听，才了解这歌声意味着一个新时代的诞生！总而言之，这是一种冲破了苍茫暮色的朝气蓬勃的歌声，这是一种打碎了荒凉景象的热气腾腾的歌声，这是专门向古老衰败的旧时代挑战的歌声。它令人从颓唐中振奋起来，从迷惑中清醒过来，从迟疑中抖擞起来。我完全被歌声吸引住了，我总是驻足细听，一个字一个字地记住它们的歌词。

"东方红……太阳升……中国出了个毛泽东……""怒吼吧，黄河……怒吼吧，黄河……""大刀向……鬼子们的头上砍去……""我们在太行山上……""没有枪……没有炮……敌人给我们造……""敌人从哪里进攻……我们就叫他在哪里灭亡……"我能肯定，这歌声是典型的延安的心声，是典型的抗日革命根据地的心声，是典型的"看看是你压倒我还是我压倒你"的信心百倍的歌声！

典型环境和典型歌声，一个属于视觉，另一个属于听觉，它们对立统一在清凉山下。对立统一从来不是一半对一半的双雄并峙，在这里，压倒典型环境的恰恰是典型的歌声，洋溢着延安精神的典型歌声！

八路军大礼堂之歌

八路军大礼堂在延安大砭沟附近，是专门给部队开会听报告的场所。它的特点是宽敞和明亮，可以容纳上千人。我只到过这里两次，都是为了听首长的国内国际形势大报告而来的。可是它给我的印象十分深刻，以至我在近九十高龄时仍然记得清清楚楚。

按照延安的老规矩，部队开会之前总离不开唱歌，这不是普通的唱歌，而是一种互相挑战的唱歌，实际上是唱歌大竞赛。

桥儿沟之歌是又听又看的歌，清凉山之歌是只听见歌看不见唱歌人的歌，而八路军大礼堂之歌却是耳朵眼睛一齐用上，能且看且听的歌。我两次都是坐在众多士兵的前头，所以既听得真切，也看得津津有味。

文学家魏巍把士兵们——从红军、八路军、子弟兵到人民解放军——统称为“最可爱的人”，这一创造性的发明令我佩服得五体投地，我举双手赞成。他把为人民服务、为祖国服务的军人，从现实世界的低层提升到感情世界的最高层，完全与我的心意符合，也完全与大兵们所创造的业绩符合。从20世纪40年代的“移山”到20世纪90年代的“治水”，活生生地把我们神州大地从危难中解放出来，活生生地把千百难民从灾害中挽救出来，建立这种崇高而伟大功勋的人，全世界有谁可以和他们相比呢？难怪，当他们在取得胜利后与灾民告别时，那些流着眼泪的老太婆不断地喊着“亲人……亲人……”，这是“最可爱的人”的同等称呼呀！

我坐在八路军大礼堂里，我仔细观察着这些最可爱的人。这些好像从一个模子里铸造出来的小伙子，服装整齐，态度严肃，都是二十岁左右的青年，都有成熟而老练的经历、焕发的精神……我觉得他们的模样是可爱的，黑里透红的脸蛋，灵活而又敏捷的身段，聪明而闪亮的眼睛……我觉得他们的纪律也是最可爱的，一致的行动姿态，一致的友爱团结，一致的无畏无私……当他们仰着脖子唱歌时，那歌声更是可爱的，一股朝气，一股阳刚气，一股英雄气……它让你在歌声中同化，让你在歌声中游泳，让你在歌声中痛痛快快地洗个热水澡！让你如醉如痴！

听歌词，士兵所唱的歌和抗大之歌大抵相同，可是歌声却更活泼、更多样、更有力量！

更值得回味的是他们的互相挑战，由于这个部队与那个部队都互相熟悉，尽管他们坐的地方不同，但不管坐在哪个角落里都不会被战友漏掉，只要有带头的喊一声："请三连五排唱个《二月里来》好不好？"那么，三连五排的弟兄们就马上在他们自己人的指挥下齐唱起来："二月里来呀……好春光……家家户户……种田忙……"我之所以记得这个歌词，是因为作曲人冼星海在作曲时为了表现一种愉快的情绪，特别在每一个字的音节上用上了两个高低不同的滑音，所以唱起来别有一番风味。由这些阳刚气十足的小伙子唱出时，那种滑音就把阳刚气转变为女性的柔和，转变为童稚的天真了！说实在的，不但好听，而且好笑！所以只要刚刚唱完，人丛中就有人高喊："好不好呀？""好！" "妙不妙呀？""妙！""再来一个要不要呀？""要、要、要！"

大礼堂充满了笑声，天堂里的笑声！

桥儿沟之歌、清凉山之歌、八路军大礼堂之歌都是兵之歌，兵与歌有割不断的关系。看来，军火武装是以防万一的，而精神武装却是常备的、一日不可缺少的。我高呼，兵之歌万岁！

灯花灿烂的夜晚

许多文化人都跑到延安去了，我也花了七个多月的时间到达了延安，这大概也算是文化革命的深入吧！想到这里，我的确心花怒放！

（一）

窑洞中存在着两种不同的观念，两种相反的心理活动，两种背道而驰的意识形态。

从上海亭子间来到延安窑洞，时间就仿佛倒退到几千年以前的穴居野处时代。一个人独守着昏暗的麻油灯东看西看，看看自己两旁的土墙和头顶上的穹隆，觉得这不过是从黄土高坡挖出来的一个山洞呀！看看门，这个上半截是窗户的木板门哪里像个门呀！看看家具，只有一张书桌、两个凳子和两条长板凳支撑着四块长木板当作床，多么寒碜呀！还有灯，灯芯从小小油壶嘴里伸出来，点着像鬼火似的半明半暗的灯……这哪里像人住的地方呀！这简直是坟墓呀！……侧着耳朵听听，山坡上还有狼在嚎叫，这种好像悲哭似的狼嚎，听起来叫人心里发麻："要是狼跑进来怎么办？"摸摸门和门框，又没有安上铁的环扣，不好了，连忙移动桌子把门顶住，回头看见自己巨大的黑影在土窑中晃来晃去。这是个多么可怕的环境呀！

从上海亭子间来到延安窑洞，时间就好像长了翅膀，从半封建半殖民地社会一下子飞到了劳动人民当家做主的革命圣地。这个社会表面上是个穷疙瘩，实际上精神财富比谁都多！物质生活的落后抵不过精神生活的先进呀！衣食住行的艰苦抵不过双手双脚创造的本领呀！你看，昨天没有的今天有，今天没有的明天有！你看，我们的家具虽然不多，可是都结实耐用。你看，我们住的虽然是窑洞，可是冬暖夏凉！我们这里没有"黑车子"、没有镣铐、没有铁窗，我们这里天高地阔、自由自在、无拘无束、身心解放！这里是人人都有饭吃，人人都可以发挥本领的好地方，这里是人才荟萃、群贤毕至的天堂！你看，好一朵灿烂的灯花，这灯花将伴随着你的心花一齐怒放！

以上就是我所说的两种观念、两种心理活动和两种意识形态，前一种是初到延安时两三个夜晚的感受，后一种是我在延安住了七年的综合观感。我现在正在埋头撰写的窑洞之夜，当然不是只有两三天寿命的前一种观念，而是后面所说的那灯花灿烂的夜晚。

（二）

在延安，不但人人都要劳动，而且人人都要学习——政治学习与业务学习。

其实，学习也是一种劳动，它不是动手动脚，而是动脑。劳动是人类天生的本能，人之所以叫做人，就因为他具有这种特殊的本能。体力劳动和脑力劳动本来是亲密的同胞兄弟，开始他们并不分家，脑力劳动往往牵着体力劳动的手，体力劳动也离不开脑力劳动的扶持。后来，在千百年人类社会生活的变化中，人们强迫他俩分家，各自独立门户。尽管如此，他们各自在生产实践上多多少少有些来往，他们各自不同的产品也多多少少地互相交换。手足情，割不断，生产品，必交换。在漫长的无情岁月中，体力劳动和脑力劳动就是遥遥地隔着一条鸿沟。

共产党在创造了新民主主义社会的同时，又创造了许多前所未有的奇迹，这是众所周知的，但其中有一件特别的功勋很少被人们发觉，这就是它把体力劳动与脑力劳动这一对分家很久的同胞兄弟又撮合在一起，让他们握手言欢，这也是新民主主义社会不同于旧社会的一大特色。把体力劳动和脑力劳动都提升到神圣不可侵犯的地位，让他们成为革命的先锋，让他们成为社会的主人翁，让他们沾满了泥土的赤脚走进了天堂，这样前所未有的奇迹难道不应该用鲜红的笔在中国的现代史上大书特书吗？

（三）

我，这个在20世纪30年代开始从事漫画创作的艺术学徒，按道理讲应该算是个脑力劳动者，我的劳动多多少少产生了一些与旧社会相对抗的作品。我就是以脑力劳动者的身份来到延安的，我是怀抱着满腔热情走进这个尊敬劳动的赤脚天堂的！

我一到延安，理想就把我吸引到体力劳动者的队伍里，这我已经在前面说过。现在我应该谈谈学习，谈谈这个与体力劳动并重的学习，这个我过去完全不太注意的政治学习，这也是脑力劳动，是把脑力劳动提升到看人生、看世界、看社会历史、看国家大事、认识真理、掌握命运、筹划将来的极其重要的学习。

在鲁艺，东山教员的政治学习分为自由阅读与集体讨论两个部分，指定的课本是《联共党史》，参考书很多，自己可以随便挑选。

我对于自由阅读的兴趣很浓，对于集体讨论则面有难色。为什么呢？因为集体讨论时虽然没有什么非发言不可的规定，可是看见别人都能侃侃而谈，自己一声不响，总觉得不好。说实在的，我初来延安时连学习方法都不懂，发言只能是背书，教条式的背书连自己也不满意。后来，才慢慢地觉悟到读政治书要联系实际，要从这件事情联系到那一件事情，从昨天的事情联系到今天明天的事情，脑子一活动，要说的话就多了，发言也就有声有色……我很笨，平日从事创作时，脑子专门用在观察身边小事上，用在形象的猎取与构成上，虽然也注意国家大事，但不过是枝枝节节的细节，而不能提纲挈领地综合运用。现在我换了一种观点，不是从大看小，而是从小看大。政治政治，原来从大处看、高处看、远处看的也仍然是身边的大事。这一学习方法的转变，我是经历了半年之久才慢慢懂得的。

在鲁艺，政治学习的时间都是放在早晨，最长也没有超过两个小时。

为了照顾本位工作，照顾体力劳动，所以我总是把自由阅读放在夜晚进行。晚上的灯油是有限的，所以九点钟就吹熄灯号，我的自由阅读也总是抓紧时间，油灯上结了灯花也不摘掉，让它自开自落。每当读得若有所得、兴趣正浓时，抬头看看灯花，那就像看见了自己的心花一样。

（四）

我把政治学习称为“开窍”，因为自己“七窍不通”，一旦通了就欣喜若狂。

我对毛主席的近作特别感兴趣，他那印在马兰草纸上既通俗而又趣味盎然的文章对我来说的确是“开窍”的金针。在这里，我要把“开窍”的经过写出来。读的第一篇文章我记得是《共产党人》的发刊词。

“……由于中国是半殖民地半封建的国家……这就不但规定了中国现阶段革命的性质是资产阶级民主革命的性质，革命的主要对象是帝国主义和封建主义，基本的革命的动力是无产阶级、农民阶级和城市小资产阶级，而在一定的时期中，一定的程度上，还有民族资产阶级的参加……”

读到这里，我把眼睛更凑近油灯：“好呀，妙呀！小资产阶级原来是民主革命的基本动力之一呀！”这一句话完全是实事求是的，是完全符合客观实际的。我想到我的出身，所谓书香人家，所谓知识分子，当然也就是城市小资产阶级。我的大哥在20世纪20年代跑到广州去参加孙中山的革命队伍，我的三哥和我都在青少年时期就参加了北伐军攻克九江后由共产党领导的市党部的工作，这不都与毛主席在文章中说的城市小资产阶级有革命性的事实完全符合吗？说话总要有事实根据，20世纪30年代张戈说我是小布尔乔亚，张春桥更是咬牙切齿地把小资产阶级说得一钱不值，都与毛主席的话完全相悖。我读了这一段，仿佛如古人所说的“一步登天”了！

我是个“得寸进尺”的追求者，尽管在毛主席的文章中得到了鼓励与安慰，可是心里还有疑问：为什么把城市知识分子划在小资产阶级的圈圈里呢？它和资产阶级有什么共同点呢？它和无产阶级又有什么区别呢？想来想去，我只承认自己是个个体的、手工业式的脑力劳动者。恐怕问题就出在这个个体手工业的上面。所谓个体手工业，岂不是和集体劳动完全相反吗？岂不是和私有观念结合在一起的吗？对、对、对，这就是与资产阶级一个鼻孔出气的共同点，这也是与无产阶级的分水岭。对，我必须丢掉这个私有观念，我必须把私心改为公心……想到这里，我的确觉得自己开了窍，抬头看见油灯上结了一朵赤红的灯花，我觉得这灯花是给我报喜来了！

还有一篇更让我开窍的文章，是毛主席写的《新民主主义论》。我读这篇文章是在一个“三九”的寒夜，我关起窑门，从密密麻麻的、印在马兰草纸上的铅字中寻找开窍的钥匙。

“……帝国主义文化和半封建文化是非常亲热的两兄弟，它们结成文化上的反动同盟……”这句话真是一针见血，它把20世纪30年代上海反动统治者的所作所为说得活灵活现。我马上联想起当时许多进步刊物被禁止出版，我想起我不止一次看见盖在原稿上的紫色的“禁”字大印。当时黄士英把退回的原稿一件一件地放在我的眼前。我当时还不明白为什么蒋介石能够在上海租界上横行霸道，现在才知道帝国主义和封建主义在文化上也有一个反动同盟，这和他们在军事上所结的反动同盟一样。毛主席的指点不但点破了当时的实况，而且也预告着未来。在新中国建立多年以后，刊物上公开宣传的那些“全盘西化论”“世界接轨论”之类的论调，居然还带有浓厚的殖民色彩，这难道不是新时期的反动同盟吗？只要帝国主义还存在，战斗就未有穷期！

“……在‘五四’以前，中国文化战线上的斗争，是资产阶级的新文化和封建阶级的旧文化的斗争。……在‘五四’以后，中国产生了完全崭新的文化生力军，这就是中国共产党人所领导的共产主义的文化思想，即共产主义的宇宙观和社会革命论。……”毛主席在这一段中所说的“五四”以后的事情，恰恰是我少年时代亲身经历过的。我当时糊里糊涂地只是热烈欢迎这个新文化运动，在文学与美术的爱好上处处跟随着这个文化运动跑，我的一家人都对这个崭新的运动有好感，完全不知道这个运动是共产主义文化思想领导的。我记得新文化运动之前是“五四”爱国运动，反对日本帝国主义的恶毒的“二十一条”，当时九江市罢工、罢课、罢市，我是小学的童子军，拿着一根木棍在街头站岗。我更记得新文化运动高涨时我在师范学校念书，我最信赖的同学张如龙借给我看了许多新书，现在才知道这些书都是宣传共产主义思想的好书，可惜我当时并没有把这些书完全消化。我对革命虽然陌生，可是我在张如龙的指引下为革命做了不少工作，而我的革命理想的萌芽是在张如龙牺牲的血泊中诞生的，想到这里，我热泪盈眶。

“……而鲁迅，就是这个文化新军的最伟大和最英勇的旗手……鲁迅的骨头是最硬的，他没有丝毫的奴颜和媚骨，这是殖民地半殖民地人民最可宝贵的性格。……”读到这里，我激动得站了起来：“最可宝贵的性格，硬骨头，我最敬佩的就是硬骨头。全中国打赤脚的和同情打赤脚的都是硬骨头，共产党本身就是硬骨头！”这时候，油灯上又结了一朵灯花，血红血红的灯花。

“这时有两种反革命的‘围剿’：军事‘围剿’和文化‘围剿’。也有两种革命深入：农村革命深入和文化革命深入……”读到这里，

20世纪40年代延安时期的蔡若虹与夏蕾

我又马上想起了上海当时许多进步刊物被禁止出版，想起了那个紫色的“禁”字大印，这不是文化“围剿”是什么？我又马上想起了邹韬奋，他举起了反“围剿”的大旗。幸好，我也在反“围剿”的大旗下努力创作，没有退缩，而是越画越起劲。红军创建了革命根据地延安和陕北边区，这大概就是农村革命的深入。许多文化人都跑到延安去了，我也花了七个多月的时间到达了延安，这大概也算是文化革命的深入吧！想到这里，我的确心花怒放！这时候，窑洞外面正下着大雪，在山下文学系学习的夏蕾正冒着大雪走上东山，她一进窑洞，一边掸去头上身上的雪花，一边对着正在看书的我说：“这窑洞的灯光一点也不亮，你为什么不把灯花摘掉呢？”我说：“不摘不摘，我喜欢这灯花！”我不好意思说，这灯花是我心花的象征，每当我心花怒放的时刻也就是灯花灿烂的时刻。正是：雪夜两花相并美，心花不愿摘灯花！

生活是诗 形象更是诗

这些木刻恰恰首先表现了新的群众的时代的面貌，表现了一个落后的、穷苦的旧生活转变为思想先进的、勇往直前的新生活的辉煌图景！这样，我就不得不重复两句老话：生活是诗，形象更是诗！

诗是留人想的，诗是生活和感情融合在一起的结晶，诗能够从人们的眼里进入心里再进入记忆里，诗往往从回忆中再现出来。诗的生命力很强！

我认为，陕北老乡们的生活是诗。过去只能在梦中出现而现在可以用手摸着的生活怎么不留人想呢？几千年前所未有的新生活突然在眼前出现，怎么不留人想呢？怎么不是在回忆中再现出来的诗呢？

木刻艺术家的几柄尖刀，曾经刻画过贫穷劳动者的悲惨生活的尖刀，现在却刻画出了留人想的诗一样的崭新的生活形象，怎么不会从我的回忆中再现出来呢？怎么不是比生活更美的诗呢？

生活是诗，形象更是诗！

我为什么在离别了半个世纪之后，又在回忆中想起了陕北老乡呢？没有别的原因，仅仅是因为陕北老乡是我们这个古老的神州大地上觉悟最早的劳动者。他们无私无畏地让奔波了二万五千里的红军在陕北这块贫瘠的土地上站住了脚，他们在共产党的领导下诚诚恳恳地劳动、学习、工作，最先把旧社会变成了新社会，把几千年以来的十八层地狱变成了天堂，变成了古老的神州大地上最先出现的初具规模的天堂，变成了赤手赤脚的劳动者的天堂！

我认为陕北老乡是非常朴实、非常勇敢甚至非常固执的老实人。他们能够在群山环绕的环境中过着非常艰苦的生活，他们的衣、食、住、行都是人类生活中的最低标准。他们站着像一根铁棍，坐着像一个木桩，他们白衣、白裤、白头巾，露出古铜色的胸膛。他们锄头不离手，山歌不离口，他们都有个三口五口人的家庭，他们一袋烟能够歇歇停停地抽上半天，一罐水能够一口气喝得看见罐底，他们一件粗布衣裳能穿上三年五年，打上补丁后又能穿上三年五年。他们把牲口当作家人，总不会忘记给它们添草添料。他们对朋友乡

鲁迅与木刻青年合影

亲总是和和气气，从来不出口伤人。他们说起话来都带着“这搭儿那搭儿”的卷舌音，他们唱起歌来都是土腔土调，少不了“东方红，太阳升”，歌声标志着他们的觉悟，标志着他们的信仰，标志着他们的壮志雄心。他们朴实，他们勇敢，他们勤快，他们把红军当作亲人，把毛主席当作灶王爷，把共产党当作“穷人党”，硬是在陕北这块贫瘠的土地上一步一步建立起了天堂！

他们就是诗一样的生活的创造者。

被这些诗一样的生活所感动的首先是木刻家。所谓木刻家，都是擅长于创造视觉形象的脑力劳动者。脑力劳动者与体力劳动者的结合，是天经地义、理所当然的结合。体力劳动的产品与脑力劳动的产品的交换，只有在延安这个天堂里才能够手牵手地实现。在美术领域中，木刻家是走在最前面的，他们手中紧握着的锐利的木刻尖刀，曾经在鲁迅先生指引下刻画过城市劳动者的悲惨生活的木刻尖刀，转了一个大弯，对准了建造天堂的劳动者。两种劳动者的精神结合，使这些刻画着人生百态的尖刀创造了许多真实而又生动的艺术品。不要小看这些没有色彩的黑白版画，不要只看这些作品并没有惊天动地的内容，要知道这些作品所反映的尽管是普普通通的劳动生活，但的确是几千年空前未有的新生活的序幕。昨天的捡柴拾粪，很可能就是明天的粮食满仓；昨天的荒坡野岭，很可能就是明天的花果满山；昨天的破烂窑洞，很可能就是明天的高楼大厦；昨天的地狱，明天一定会变成天堂。生活不断地向前发展，艺术也应该跟随着生活一同发展。生活是诗，形象更是诗！

现在，我的回忆已经走到我所记得的几幅木刻作品面前。

木刻家力群创作的《饮》，是我曾经欣赏过的许多作品之一。这是一幅描写陕北老乡日常生活的小品，它形象突出，表现那种朴素的、勤劳的、满足于当前生活条件、满足于自己劳动创造的典型人物。你看那白头巾，白背心下面露出黑里透红的、粗壮的胳膊，那一瓦罐凉水被劳动者灌进口里。他没有瓷碗、瓷杯，他没有清茶果汁，他不是坐在茶馆里一边品茶一边评头论足，他是在劳动的空隙里用一罐凉水对付炎热的天气和比天气还要炎热的劳动汗水。在我看来，他那抬着手的一饮而尽，等同于他把信仰和真理一饮而尽。单纯、痛快、逍遥……你看，这种生活怎么不是诗?

这幅作品的形式我认为恰到好处，造型好，构图好，刀法的节奏与内容的明朗也非常和谐。还有作者把远山作为背景。山是延安典型的山，人是陕北典型的人，性格是劳动者的典型性格……典型环境中的典型性格，你看，这形象怎么不是诗呢?

我又记起了一幅作品，这是老木刻家马达创作的《拾粪》。

在延安许多木刻家中，马达是个沉默寡言的单身汉，他平日把

力群《饮》

体力劳动放在脑力劳动的前面，他手里离不开一把铁锹，他用铁锹的时间比用木刻刀的时间多得多，他的劳动对象是黄土。黄土是人类最初的家当，也是马达的随身财宝，马达常常利用清晨别人还没有起床的时间，创造延安少见的新奇事物。他用黄土调水糊在桌子、凳子和床的周围，让这些木头家具固定在窑洞里不会移动。这些家具的位置和方向，都适合他脑力劳动（读书与创作）的需要。他又用铁锹把窑洞门外两旁的土坡铲成一级一级的台阶似的“土沙发”，并且在“土沙发”旁栽了一棵小树，人们就把这块小小的土地称为马达公园。每逢月夜，马达总是独坐在“土沙发”上沉思默想，让嘴上叼着的烟斗在静夜里孤孤单单地低鸣！

马达在《拾粪》中和力群在《饮》中所描绘的劳动生活同样平凡。捡柴拾粪，谁不知道这是农村劳动中适宜于老人孩子所做的辅助劳动？也许有人会说：“一个破老头子在清晨拾粪，这有什么看头呢？”的确，这种平凡的劳动生活有什么引人注目的美呢？哪点像留人想念的诗呢？

马达说有，我也说有。看画不要只用眼睛看，还要用脑筋看。你想想画面上残月在天，这表明时间是在太阳升起以前，这是一般人还在床上做梦的时刻，一个五六十岁的老农，将头巾盖在额角上，将羊皮大褂裹在衰弱的身上，这表明是在“三九四九”的严寒天气。画面上这个背着粪筐、拿着铁钳的老人所特有的，小心翼翼地四处搜寻牲口在山路上留下的粪便的神情，就如同陕北婆姨在绣花的神情一样。你想想，木刻家想表现的不正是那勤俭持家的刻苦精神吗？岂不是赤手赤脚的劳动者在黄土高原上建造天堂的刻苦精神吗？人物画不仅仅表现生活面貌，更为重要的是表现人物的精神面貌，只有生动活泼的精神形象才能够在纸上活跃……生活是诗，形象更是诗！

古元是鲁艺木刻家中最年轻的一个，他从美术系毕业后，马上响应毛主席“小鲁艺应该到大鲁艺中去”的号召，到延安一个叫做碾庄的村子当文书。这样一来，他就有了天天甚至时时刻刻和陕北老乡接触的机会，不多久，他就对老乡们的生活情况了如指掌，作品源源不绝地产生，碾庄变成了一个专门提供创作素材的艺术仓库。

当然，也要承认古元本人是个艺术天才，他在脑力劳动上有个比较丰富的“老底子”，他敏感，他能在平凡的生命万象中发现别人不能发现的珍宝，他把这些珍宝都当作创作主题，当作形象的灵魂，因而他的作品都能够引人遐想、发人深思！

只有能够发现生活珍宝的人才可以称为天才，这是我看了古元许多作品后的观感。

古元的木刻作品有个共同的主题，就是劳动者的觉悟，从旧社会的枷锁中挣脱出来的觉悟。党的教育是前提，劳动者的觉悟与觉悟后的具体行动才是主体。古元把劳动者的觉悟以及多种多样的行动用形象记录下来，这是他创作才能的特点、优点、闪闪发光的亮点！

我这里只提出其中的一幅《冬学》。

文盲是旧社会遗留在劳动者身上的枷锁之一，陕北老乡叫它“睁眼瞎子”。表面看来这个诨号并不非常可怕，可文盲实际上是愚昧、迷信、野蛮、无知以及犯罪行为的根源。这个文盲的枷锁不打碎，劳动者在文化上就不能翻身。

古元对于推陈出新特别敏感，他曾经为“识一千字”运动做过形象宣传。这幅《冬学》就是描写“睁眼瞎子”如何刻苦地在识字读书上自修自学。有的老乡在拿着课本低头记忆，有的在互相帮助，交换意见，有的老乡坐在墙角背书，有的蹲着用树枝在地面上一横一竖地写字……形象是多样的，而又统一在那种认真的、努力的、

古元《冬学》

一丝不苟的精神形态之中，觉悟就是这种精神形态的核心，觉悟也是劳动生活的核心。生活是诗，当然形象更是诗！

王式廓是美术系教员中造型基本功最深、最好的一个。他和系主任王曼硕一样都是山东人，都曾在日本留学。他与王曼硕不同的是不喜欢接近群众，老是一个人关在窑洞里用功。他的拿手好戏是画人物素描，不但轮廓准确，而且形神兼备。大概他觉得在延安只有木刻有用武之地，于是他也不声不响地刻了一幅套色木刻，这就是有名的《改造二流子》。

我非常欣赏这个“转变”，题材好，造型好，构图也好。人物的各种形态也非常生动，特别是那个二流子，他半坐半伏在一个磨盘旁边，垂下的头稍稍抬起，这大概就是“转变”的标志。

“二流子”是陕北的特有名词，它是专指那些不务正业、游手

王式廓《改造二流子》（局部）

好闲的懒汉，这种人专门和赌徒、酒鬼以及跳神的巫婆之类的人来往，并从中取得佣金。因此，陕北老乡把二流子看作害群之马，是旧社会遗留下来的垃圾，非消灭不可，于是社会上就产生了一个改造二流子的运动。改造之道是群众对二流子的教育、劝说，强迫他识字和参加劳动，并且监督他的日常生活行动，这些工作都是左邻右舍的群众自觉自发地参加。王式廓创作的《改造二流子》，就是描写二流子在群众的劝说中觉醒过来的最后一幕，也就是改造的顶点与终点。你想想，让广大群众的觉悟消灭个别人的不觉悟，让觉悟在生活中普遍地开花结果，让旧生活彻底地转变为新生活，这样的生活本身就是诗，形象当然更是诗！

《来了亲人八路军》这幅木刻是青年木刻家彦涵的代表作，是表现革命根据地军民关系的典型。彦涵是个多产画家，他有比较丰富的生活经历，和八路军有较多的来往，对陕北的群众生活也比较熟悉，他的多产正是深入多种生活的必然结果。

这里所说的八路军，就是 20 世纪 30 年代的红军，也就是 20 世纪 50 年代的人民解放军。称号可以改变，精神实质永不改变。八路军和陕北老乡的军民关系，概括地说就是“军爱民、民拥军”的鱼水关系。军之所以爱民是由于人民是军队的父母，民之所以拥军是由于军队是人民的武装，是人民自己的保卫者，是人民自己顽强的威武不屈的力量。爱不是无缘无故的爱，拥也不是无缘无故的拥，革命根据地这种军民关系，正因为两者之间存在着根深蒂固的血缘关系，血缘是永远割不断分不开的。

“亲人八路军”是个名副其实的名词，任何名词都没有这个名词切合实际。20 世纪 40 年代的陕北老乡称呼移山的八路军为亲人，20 世纪 90 年代江南江北的人民也称呼治水的解放军为亲人。亲人亲人，只有有血缘关系的人才可以叫做亲人，这是咱们中国人的老规矩，这个称呼是何等的美妙、何等的光荣！

《来了亲人八路军》这幅木刻作品的主题，正表现了八路军的爱和陕北老乡的拥，爱的形象和拥的形象都从画中人物的每一个动作、每一个姿态、每一个面部表情中显露出来，展示了军民关系的密切，展示了革命根据地生活的和谐。生活本来就是诗，形象当然更是诗！

最后，我还是不能忘记木刻家古元那幅有名的《减租会》。这又是一幅表现农民觉悟的好作品，描写的是土地改革之前的减租减息运动在现实生活中展开，也就是土地改革之前的贫雇农向地主老财们进行说理斗争的一幕。

土地改革本来是资产阶级民主革命的基本任务，由于我国封建

彦涵《来了亲人八路军》

古元《减租会》

势力的存在，这个没有完成的任务只好留给新民主主义革命来完成。又由于地主阶级也是抗日民族统一战线的一员，既要照顾地主的生活，又要照顾贫雇农的切身利益，共产党只好推迟土改，先来个“二五减租减息”的政策，让贫雇农的经济生活能够稍稍改善，撇开暴力斗争，先来个说理斗争。

《减租会》所描写的正是这个说理斗争的一个典型场面，历来匍匐在地主老财脚下的贫雇农现在居然直起腰来指手画脚地和地主老财说理：“……你要明白，你仓库里的粮食是从啥地方来的……到底是你养活我还是我养活你呢……你要凭良心说话，减租减息该不该！”道理不多，可是理直气壮。最后地主老财不得不回答：“该、该、该，天地良心，我同意减……只要不减得太多。”《减租会》

描写的就是这说理斗争的一刹那。形象没有声音，只好用人物动作的细节代替声音，古元的细节描写活灵活现。

以上所说的六幅木刻作品都是鲜明地活在我记忆中的陕北老乡的生活图景。毛主席在《讲话》中称这个新民主主义革命时期为“新的群众的时代”，这些木刻恰恰首先表现了新的群众的时代的面貌，表现了一个落后的、穷苦的旧生活转变为思想先进的、勇往直前的新生活的辉煌图景！这样，我就不得不重复两句老话：生活是诗，形象更是诗！

教学与实际相结合

根据思想是主宰、技术是手段这一法则，思想教学是技术教学的前提，应当放在教学的首要地位，缺乏思想教学前提的单纯技术教学，只能培养出那种虽有技术可是思想一塌糊涂的庸才！

我记得，1939年5月，我一到延安就搬进鲁迅艺术学院，我一进学院就教书，先教普通班的漫画，我当时很惊奇："怎么漫画也跑进课堂里来了？"后教美术系的创作实习，我很高兴："好好好，被艺术学校挡在门外的创作实习，终于跨进艺术学院的大门了！"

等到1941年，我任美术系教员兼任系主任以后，我才开始明白，鲁艺的教学方针是与实际相结合，具体地说，是从实际的需要出发，与实际的可能相结合的方针。

（一）

马克思主义真好像一柄解剖刀，它针对着当前的客观实际，针对着这个资本主义社会赤裸裸的肉体进行解剖，使它的内部结构一一地暴露出来，使内部结构的相互关系与作用也暴露了出来。通过一层层一件件地解剖，我们就发现了别人不能发现的社会发展的普遍规律，发现了人类的过去与未来，发现了决定了人类未来的不可改变的命运与前途。因而我们就可以得出结论，马克思主义的运用与发展，就是要与当前的实际相结合。

延安这个革命根据地，就是中国共产党运用马克思主义与革命实际相结合的产物，马克思主义是革命根据地的灵魂，所以延安的政治、军事、经济、文化及其他措施，都是以与实际相结合为大计方针，鲁艺的教学方针当然不能例外。

那么，20世纪40年代延安的当前实际是个什么样的实际呢？

摆在面前的第一个实际就是抗日战争，决定中国命运的持久战争。战争需要全体人民合作，战争需要后方工作与前线战斗相配合，战争还需要除了物质武装之外的精神武装，战争需要文化与武装的并肩作战。这许多需要都是文艺工作者应该全力以赴地加以实现的任务。

摆在面前的第二个实际是我们又穷又落后的生活实际。我们的生活条件是人类最低的生活条件。衣，一年只有一棉一单两套军衣。食，一天一顿稀的、两顿干的小米饭。住，只有多数的窑洞和少数的平房。行，几乎完全依靠两只健壮的赤脚。这种艰苦的生活本来就够差够寒碜了，再加上国民党的封锁，很多日常用品，特别是艺术用品都运不进来。国民党把共产党的能文能武看作当前大敌，把我们这个边区变成了一个“要啥没啥”的地方，让我们的战争需要与实际可能经常打架，好让他们站在旁边轻易地不战而胜。

那么，在这样的恶劣环境中，我们是怎样过日子的呢?

无他，我们照样过日子，我们的日子越过越有劲，我们的物质生活贫乏，我们的精神生活却很丰富，我们有一个精神武器叫做自力更生，这是共产党所独有的法宝。我们劳动靠创造精神，我们工作靠刻苦精神，我们战斗靠勇敢精神，我们让丰富的精神生活压倒艰苦的物质生活。我们唱歌作乐，我们尽情欢笑，我们斗志昂扬，我们把劳动者的地狱改变为地地道道的赤脚天堂！

这就是我们整个的客观实际，与需要合拍、与可能合作的实际。

（二）

人类之所以成为人类，全在于他特有的劳动本能。体力劳动与脑力劳动，是劳动实践的两大组成部分，体力劳动在脑力劳动的支持下改善生活、发展生活，脑力劳动在体力劳动的支持下认识世界、表现世界。脑力劳动是主宰，体力劳动是手段，这就是它们之间有区别又有联系的特殊关系。

撇开体力劳动不说，单说脑力劳动的实践功能。科学与艺术是脑力生产实践的两大尖端产品，科学活动主要是研究、探索和发现自然世界内部组织的性能和作用，艺术活动主要是认识社会生活和表现社会生活的现象与本质，两者各立门户，但并不大门紧闭，而是经常往来。

撇开科学不说，单说艺术这个本行。艺术活动是脑力劳动与社会生活相结合的产物，艺术活动包含着两种既有区别又有联系的组成部分，这就是思想与技术的特有功能。思想功能是主宰，技术功能是手段。思想功能主管认识生活，技术功能主管表现生活。这两者之间是既有区别又有联系的特殊关系。

言归正传，让我把话题转移到艺术教学的正轨上来。

艺术教学由思想教学与技术教学两个部分组成。根据思想是主宰、技术是手段这一法则，思想教学是技术教学的前提，应当放在教学的首要地位，缺乏思想教学前提的单纯技术教学，只能培养出那种虽有技术可是思想一塌糊涂的庸才！

然而，旧世界、旧社会的艺术学校，却把技术教学捧得很高，教学的时间长，课目的分量重，好像技术等于艺术。这种错误认识，自有艺术院校以来非常普遍，虽然艺术概论与中国美术史这两门理论课也属于思想教学之类，可是那些只有论和史的教材，往往和科学的人生观、艺术观隔得很远，而且在教学中又处于可有可无的地位。整个的教学领域被技术教学所独占，这种现象与反对新思想、新意识的旧世界、旧社会息息相关。

中国共产党把思想教育放在技术教育之前，放在教育的首要地位，是完全符合客观实际的需要的。这是共产党在教育事业中的一个创举，也是艺术院校中的一大发明。共产党不仅把思想教育引进一切学校，而且引进党的报纸等刊物和教材。这种思想教育有个特殊的名称，叫作大报告，也就是专讲国内国际形势与动向的报告。作报告的讲师多半是对马列主义有兴趣、有研究、有实践经验的老红军老干部，他们所作的报告除了国内国际形势动向以外，还加进了自己的许多观感，这里就包括他自己的世界观与人生观，所以报告的内容生动，能够感染人、鼓舞人，以至深入人心。

这种大报告不仅学生听，教员也听，一切工作人员都听，我自己就听过三四次之多。

我记得，只要一听说大报告的时间到了，就马上端个小板凳往广场上一坐（后来有了礼堂，就往礼堂里一坐），先打听作大报告的是谁，等到报告开始了，就赶快拿出铅笔和笔记本放在腿上，一边听一边做笔记。气氛很静穆、很严肃，只听见报告人的土腔土调和做笔记的一片沙沙响声，夹杂着笑声和掌声。听完报告回家，还一路和同伴们说说笑笑，顽皮地模仿着报告人那浓重的地方口音……这就是我在延安接受思想教育时的真情实况。

不要以为延安的思想教育只有“大报告”这个独门，也不要以为鲁艺的思想教育十全十美，现在回想起来，觉得漏洞不少。毛主席在 20 世纪三四十年代初期写的《矛盾论》《实践论》和文艺座谈会上的讲话，都是科学人生观、宇宙观、艺术观的最好教材，都因为当时出版条件的困难而不能和广大群众见面。周扬早就译好的车尔尼雪夫斯基的《生活就是美》，鲁迅早就译好了的几本艺术论，也都因为没有现成的书本而作罢。至于我国古代的艺术论，并不是不科学，而是没有人用辩证的观点去加以诠释。“外师造化，中得心源”，这是个著名的论点，“造化”指的就是现实，“心源”指的就是理想，这不明明白白地说明了艺术是现实与理想的结合吗？“六法论”的第一条就是“气韵生动”，在我看来，“气韵”就是指作者的精神气质，“生动”就是指生活形象，这也不明明白白地说明了艺术是生活在作者头脑中反映的产物吗？《文心雕龙》更是一部全面地论述文艺本质的重要著作，如果有人用辩证的语言加以注释，岂不是一部中国古代的科学论著吗？……以上所说的都是当时应当做到而没有做到的事情。实际的需要往往被实际的不可能所取消。需要与可能的矛盾是当时延安的主要矛盾。我想，这一矛盾只能在社会主义时代才可以完满地解决。

（三）

鲁艺美术系的技术教学改革，是随着实际的需要与可能的变化而变化的，每一次变化都要开一次教学会议，讨论学生的文化技术水平和需要，讨论课目的增减与调整，讨论教员与课目的配合。据系主任王曼硕的介绍，鲁艺的教学改革，应该分为两个大阶段，前一阶段是在北门外时期，这是最艰苦的时期，鲁艺除窑洞与平房以外一无所有，美术系教员只有几个木刻家和漫画家，可是学生文化水平偏高，学过造型技术，有创作能力，所以那时候把木刻与漫画作为主课，技术学习只有一门速写。鲁艺从北门外搬到桥儿沟以后，这一时期生活条件逐步改善，窑洞与平房增加了，教员和学生也增加了，可是学生的技术水平偏低，有不少人没有学过技术，课目课程又得改变，取消了木刻漫画，将其作为同学们自修的课目，增加了画室中的速写与慢写，增加了大家期盼的创作实习，这是鲁艺四个系的共同课，同学们都对这门课有兴趣，都想从创作实习中学到些真实本领。本来，技术学习的目标不正是创作本领吗？

我到美术系教课以后，就参加过两三次教学讨论会，讨论过去美术院校中原有课目中哪一种需要保留，哪一种需要改变教学内容与教学方法，哪一种根本不需要。美术系教员多半是科班出身，有技术学习经验和创作经验，再加上客观实际的需要，所以讨论起来，七嘴八舌，把讨论会变成了对旧式课目进行解剖的一次“手术”。

我记得，第一个解剖对象是过去把它捧到天上去了的素描。王曼硕说，过去素描的时间太长，一幅习作往往要画18小时，这不是磨洋工吗？王式廓说，素描的方法也不对头，太繁琐了。我说，素描不是一切绘画的基础，仅仅是古典式的油画的基础。把这些意见综合起来，我以为，画素描的时间太长正由于素描方法的繁琐，这种繁琐的素描方法、精雕细刻的方法绝对不是中国画、版画、漫画以及其他绘画的基础，连西方的印象派及其他流派都不需要这种技术基础，只有古典式的精雕细刻的旧写实主义的油画才需要这种基础。所以我说，我们不需要磨洋工，我们也不要绣花，我们连素描这个名称也不要，我们只要慢写、速写、默写就够了。后来，由于没有人会教默写，所以技术课就只有慢写与速写两种，但也完全够用。

第二个解剖对象是裸体写生。也是王曼硕先说：“裸体不是人类的生活实际，我们实际上都穿衣服，穿衣服是生活实际。”力群说：“我刻的都是穿衣服的老乡。”石泊夫说：“陕北老乡哪里肯脱衣服呢？”王式廓说：“应该先问问，为什么要画裸体？”我说：“对呀，画裸体是从西方古典神话的造型开始的，神话中的神多半不穿衣服或者半裸体，这可以从18世纪的许多绘画和雕塑中找到根据，现代的西方人物画中的人也都是穿衣服的。”王式廓说：“把画裸体当作了解人的肉体组织是骗人的，有谁不知道自己的身体组织呢？”我说：“说人体最美也是胡说，人体美是美在精神，把画人体实习当作与画风景、静物实习并列的三个基本实习……”王曼硕不等我说完就说：“我不反对这基本实习的三个阶段，这种技术学习的程

鲁艺美术系素描课

式是合理的。”我说：“我也不反对，我认为画穿衣服的人比画裸体更实际。”结果大家一致同意取消裸体写生。

第三个解剖对象是那种“如实描写”的旧写实主义。力群说：“如实描写不符合实际情况，我写生总喜欢修改对象、美化对象。”我说：“我在上海美术专科学校时为了修改模特儿遭到两个教授的反对，这就是老写实主义。”王式廓说：“老写实主义的时代已经一去不复返了，中国画是写实与写意相结合。”王曼硕说：“写实是基础，写意是在写实基础上加进作者自己的看法。”结果大家一致同意写实与写意的结合。

技术教学讨论会最后的议程是透视学、解剖学、构图学、色彩学这四门技术理论课的设置问题。透视学的讨论较多，有人提出什么焦点透视与散点透视问题。我说：“这个问题很值得研究，中国画与民间美术都不是单独从一个视点造型，也不是从一个视点构图的，看起来也很顺眼，也很好看。”力群说：“我们现在都不用这种方法。”张悟真说：“要我教透视学，我只能教我自己学过的焦点透视，什么散点不散点我不管。”王曼硕问：“有谁能写新的透视学吗？”无人回答，这门课只好依照张悟真的意见执行。说到解剖学，只有王式廓认为艺用解剖与医用解剖没有区别是个大缺点，我们需要的是关于人体各部分的运动规律，不是骨骼组织。我认为式廓这个意见很有道理，可是没有人能写，新的构图学、色彩学也都没有人能写，讨论只好作罢。

思想教学在先，技术教学在后，鲁艺创造了一门“创作实习”，这就把思想与技术都一揽子地包括在内了，这又是创造精神的一大胜利。

枣园一夕

我到延安，我参加党当然是团圆，我参加开荒纺线当然更是团圆，陕北老乡们开始识字学文化也是团圆，八路军与老百姓的『拥军爱民』更是团圆……在延安，团圆是说不尽的。

枣园一夕，是风情切切、诗意绵绵的一夕。

诗，总是停留在人们记忆中不肯离开的多情旅客。它有形有色，招摇过市，这里看一眼，那里看一眼，临别时还一再回眸，它是个停留在记忆中流连忘返的多情旅客。

诗，又总是静静地从诗人自己心坎中流出来，又静静地流到别人心坎里去的情感的溪流。它婉转多姿、默默渗透，它是水面上映着的生活的倒影，它是水底下蕴藏着的醉人的情绪。它用生活吸引人，用情感打动人。诗又总是招蜂引蝶的含苞花朵！

诗的实质是人们形象思维的结晶。它善于联络，它能把生活图景和思想影像联络在一起，它能把这个形象和那个形象联络在一起，它能把现在的时光、过去的时光、远在未来的时光联络在一起，让紫气东来，让青春永驻，让诗的境界形成一个忘我的芬芳世界！

然而，诗的形象又总是半明半暗的，有意象鲜明的一面，也有生活朦胧的一面，朦胧的多半是生活细节，鲜明的多半是精神形象。我现在写的《枣园一夕》，就是让停留在我记忆中的精神形象做主角。

我记得 1942 年我和华君武、张谔三个画漫画的一同到枣园去看望毛泽东主席，我把具体的时间、会见的过程、谈话的细节通通忘记了，留在我记忆中的只有毛主席那轮廓鲜明的精神形象。

我对枣树的品格很熟悉，因为在幼年时期，家里后园中有两三棵枣树，我经常看见它们那挺拔的树干和多姿的树枝。它们有坚强不屈的本质和外表。到了秋天，它们的果实又脆又甜，举着一根长长的竹竿在枣树下打枣子，是我儿时的赏心乐事。我认为，枣园这个名称是它从前的主人和后来居留者品格的象征。

我记得，我们见毛主席的第一面是在室外不是室内，好像一进枣园就远远地看见毛主席一人独坐在一棵高大枣树下面的藤椅上，他端坐不动，面对着远处的群山和天上的流云，神采奕奕，好像在沉思默想。我在延安多次见过毛主席，都是些行止倥偬的动态，只有这一次是个静止的塑像。虽然仅仅是短促的一瞬，却像一个火热的烙印烙在我心上。这是不是因为它突出了毛主席精神形象的一个侧面呢？这是不是因为它具有“典型环境中的典型性格”的无穷魅力呢？

记得20世纪70年代初期我在牛棚中的紧张劳动之余，写了一首题名为《初见》的五律，就是根据这个难忘的印象写的，我现在把它抄在后面：

凌空一株枣，挺拔无繁枝；
斯人坐树下，巍然若有思。
云移山弄色，风动海吟诗；
三十年前事，难忘初见时！

我写这首诗的时候，已经离“初见”30年了，我身在牛棚，却没有把十年“文革”的惨痛放在心上，我认为毛主席晚年的错误，是理想脱离现实的极左思潮所造成的一幕悲剧，它是令群山变色的一朵乌云的阴影，我希望它一掠而过，不要让它伤害主席正面的精神形象。我用“山弄色”“海吟诗”来形容他的精神形象，我用山的巍峨、海的浩渺来形容他所创造的神圣事业，这里包含有他对千军万马的运筹帷幄，这里包含有他奋笔疾书的锦绣文章，这里还包含有他马上低吟的雄关落日……诗总是留人想的，诗总是令人浮想联翩的，我就是在浮想联翩中写下了这个《枣园一夕》。

我记得那是一间老式的客堂，有桌子凳子，还有不少的回旋余地。

毛主席就在这间客堂里接待我们，他神采依然如故，那种又认真又随便、又严肃又亲切的态度好像与我们早就相识，完全是一种老大哥对待小弟弟们的态度。

我这个年过三十的大孩子，过去一直生活在小弟弟的待遇中。在家中时有三个哥哥，在上海时又遇见陶行知、邹韬奋、聂绀弩……这几位也是把我当作小弟弟看待。现在在延安又得到毛主席的亲切接待，他那种对待小弟弟们的态度使我眼泪汪汪，我感动得说不出话来，好像又回到了自己的老家。

我记得清清楚楚，毛主席接待我的第一句话是从张谔的介绍开始的。张谔对主席说："蔡若虹就是蔡公时的侄儿。"主席马上笑容满面地说："好呀！那……那我今天应该优待烈属了。"

蔡公时是我父亲20个叔伯兄弟中最小的一个，我们小时候都叫他"二十叔"，他很早就到广东参加了孙中山的革命队伍，又到日本留过学。但在山东济南时是国民党的外交官，当时正在和日本鬼子交涉，鬼子不讲理，他痛骂了鬼子一顿，结果被日本鬼子当场割舌头、挖眼睛、刺刀遍身乱刺……死得非常壮烈。听见这个噩耗时我只有十七八岁，刚逃亡回到九江家里，一家人忍气吞声。那时内忧外患，我就预感到我们这个多灾多难的祖国还有更大的灾难在后头哩！

毛主席到底是个抗日战争的统帅，他一听见蔡公时的名字，马上想到烈士，马上想到优待烈属。他是怎样优待的哩？不多久，桌子上就出现了三个碟子：一碟凉拌豆腐，一碟青辣椒，一碟西红柿。酒壶是本地出的比油灯壶大一点的酒壶，酒盅是乡下人喝酒的牛眼盅，原来毛主席要招待我们喝酒。不要以为这三碟小菜太寒碜，在当时的延安已经是丰盛的筵席了。可是碟子很小，哪里经得起我们三个人吃？我们都不肯喝酒，只是两眼盯着三碟小菜，盯着毛主席的一举一动，而且把主席的话记在心里。毛主席见我们不喝酒，就一边对我们讲话一边自斟自酌。

我记得很清楚，毛主席喝酒有一个与众不同的姿态，他是站着喝，横着一只胳膊把酒盅拿到胸前，说几句话喝一小口，说几句话喝一小口，喝酒就像是给讲话打拍子。这种姿态使我马上回想起我的母亲，她也是站着喝酒，一边喝，一边给孩子们念唐诗："黄梅时节家家雨，青草池塘处处蛙……"我听到这里，就马上呱呱、呱呱地学青蛙叫，母亲笑，一家人都笑，那时候生活是多么美好、多么温馨……

张谔坐在我身旁，他用胳膊碰碰我，原来是毛主席对我讲话了。毛主席对我说："你是九江人吧，你这个九江人可晓得九江为什么叫做九江？"我马上脸红了，小时候曾经听父亲讲过，九江是长江上游九条支流汇合在一起的地方，什么川水呀，湘水呀，汉水呀，浔水呀……我记不住九条江水的名称，只好红着脸对毛主席说："我不晓得。"毛主席放下酒盅，伸出两手，用左手扳着右手的手指，说一条江名扳直一个手指，说一个扳直一个，一直把九条江的名称说完，他接着又说："九龙戏水，九江可是个好地方呀！"他咧开嘴笑了，他笑得那么天真，那么自然，这是我在晚会上曾经看见过的。

我想，一个身经百战的老兵，一个指挥着千军万马的抗战统帅，一天到晚把一个又一个的命令指示送到前方，在这种紧张的空隙里，怎么还记得南方九条江水的名称呢？这个好记性，这个文武全才，怎么不叫我佩服得五体投地呢？

我记得，是张谔首先请毛主席谈谈他对我们在延安举行的讽刺画展的意见。毛主席正在喝酒吃菜，没有作声。后来华君武又对主席说："您只要谈谈我们作品的缺点就行了，我们都希望听听您的看法。”

毛主席先对我们看了一眼，才慢吞吞地开了口，他说，讽刺是批评的一种手段，我们提倡批评与自我批评，当然不会把讽刺关在门外……批评也好，讽刺也好，说话总要说得符合事实……要避免片面性，不能以偏概全。接着这段话，毛主席举了一个例子，他说，有一幅漫画的标题是《延安的植树》，画的是几棵没有发芽的光秃秃的小树，这表示树都没有种活，我看，这哪里是延安种的树呢？延安种的树都有枝有叶，没有种活的很少。我看，这种没有枝叶的光杆儿，大概是清凉山下种的树吧！如果把“延安”二字改成清凉山就对头了。

华君武马上告诉主席，这幅画是他画的，他没有调查研究，写错了标题。他说：“我会记住毛主席的教导，以后绝对不把个别的现象当作全体的现象。”毛主席点了点头。

清凉山是解放日报社和抗日军政大学的所在地，是知识分子的集中点，清凉山下种的树都没有种活，这是华君武画讽刺画的根据，也是毛主席单独提清凉山的根据。看来，毛主席早就把知识分子的长处和短处看得清清楚楚，所以知识分子必须有个思想改造的过程，所以在延安的知识分子都正在改造之中。处处抓紧政治思想教育，也就是抓紧知识分子的改造。想到这里，我就想换个题目，听听毛主席对知识分子的意见。

这时毛主席恰恰放下了酒盅，用筷子夹小菜吃，他老是夹辣椒，也夹豆腐，西红柿却原封不动，从这些举动中，可以看出他的嗜好和性格。

当我看见毛主席又拿起酒盅时，就结结巴巴地对主席说：“我喜欢……我喜欢读毛主席的……文章，我对《新民主主义论》特别……

喜欢，毛主席说小资产阶级有革命性……这是没有听见过的……”毛主席没有马上回答，停了一下才慢吞吞地说：“知识分子这个名称不太好，什么分子不分子，应该说他的本行，应该是脑力劳动者，脑力劳动和体力劳动是一个娘生的同胞兄弟，都是被压迫者，有压迫就必定有革命……革命不是从天上掉下来的！”

毛主席这一段话钻进了我的心坎里，“有压迫就必定有革命”，他说得斩钉截铁、铿锵有力，又引起我浮想联翩。我想起了20世纪30年代我多次看见过的国民党那个“禁”字大印，想起了那些被禁止出版的刊物，想起了邹韬奋“你禁你的，我出我的”的反抗，想起了自己越是禁止越是画得起劲，我又想起毛主席在《新民主主义论》中所说的两种“围剿”与两种深入，我长途跋涉来到延安，我现在面对面地和毛主席谈话也算是一次革命的深入吧！想到这里，我简直热血沸腾！

毛主席喝了一口酒，又接上了话头，天下事有合有分，连同胞兄弟也要分家，体力劳动与脑力劳动分家分了几千年，各立门户，各奔前程，在统治阶级的压迫下，免不了磕磕碰碰，免不了都靠近共产党，共产党做了一桩好事，这对分家分了几千年的亲兄弟，让他们马上团圆！说到这里，毛主席笑了起来，他笑得那么天真，那么浑厚，那么自得其乐，他连连喝酒，才把笑容慢慢收敛。

我也非常高兴，我一下子就走进了“团圆”的境界。我到延安，我参加党当然是团圆，我参加开荒纺线当然更是团圆，陕北老乡们开始识字学文化也是团圆，八路军与老百姓的“拥军爱民”更是团圆……在延安，团圆是说不尽的。共产党好像是个“月下老人”，他用一根很长的红线把有情人连在一起，他让天下的有情人都成眷属！

我看见毛主席又拿起了小酒壶。

江青不声不响地坐在毛主席的身边，她看见毛主席拿酒壶，连忙用小动作轻轻扯了几下毛主席的衣角，暗示主席不要多喝酒。主席不睬，依然自斟自酌，他把牛眼盅放在唇边不动，好像是说“这个小酒盅哪里能让我喝醉”。

江青是我在20世纪30年代就认识的，在电通影业公司的宿舍里我和江青是房门对房门的邻居，那时她的名字是蓝苹，是演话剧《玩偶之家》中的娜拉出名的演员。那时她常常邀几个同事到我屋里来玩扑克牌，要我参加，我不会打扑克，她们就玩一种上海叫做“赶毛驴”的游戏。我很笨，抽牌时老是抽着毛驴，江青笑着对我说：“你真是一条毛驴！”我把手中的纸牌往桌上一丢，冲出门去，从此江青不再到我屋里来。后来我和她又同在袁牧之导演的《都市风光》中拍戏，都是演的反派角色，在戏里并不碰头，可是袁牧之在拍剧照的时候，却偏偏把我和她放在一起，拍了几张“头靠头”的呆照，这种照片流传很广，惹得我“羊肉没吃一身膻”。这次在枣园见面，江青和我也仅仅是用眼神打了个招呼，十分冷淡。我想，这个泼辣的娜拉，现在真的变成贤妻良母了吗？不知我们在枣园到底待了多久，不知不觉到了日落西山的时候，张谔和我对望了一下，意思是我们应该走了。谁知道华君武在这时却把自己的心思告诉了毛主席，他对主席说：“如果我在大后方，我什么也不怕，只怕敌人把削尖了的竹签子刺进我的指甲里，到了那时，主席你说我应当怎么办？”毛主席对君武看了一眼，说：“你应当想到大众……劳苦大众！”至此，毛主席就不再对我们说话了。在沉默中我们都站起来向毛主席告别，毛主席送我们一直送到枣园门口，他一直看见我们走远了才回去，这是我在一再回头中看到的。

我们三个人一路走一路都不说话，好像各人有各人的心事。我不知道张谔是什么时候回到解放日报社的，我只记得自己一跨进窑洞，就一头倒在床上。夏蕾不在家，没有点灯，我在黑暗中不断地浮想联翩，一幕一幕的影像在我眼前出现。我首先想起临别前毛主席讲的“你应当想到劳苦大众”，为什么不说别的，单说这句话呢？劳苦大众……（我把主席在前面讲的话联系起来）劳苦大众是我们脑力劳动者的亲兄弟……是和我们一同靠近共产党的亲兄弟……是我们的靠山……是革命的根……对了，“应当想到劳苦大众”，就是叫我们共产党员不要忘本，无论受了什么罪、什么痛苦，都不要忘本！想到这里，我好像从黑暗中看见了阳光！

接着我又想起毛主席今天讲的话虽然不多，可是都很重要，都代表主席的精神风格，都流露出他思维的敏捷、思想的渊博、思想的深刻。我们画漫画的，能够和这样一个思想伟人面对面地娓娓而谈，这难道不是我们的福气吗？

接着我想起前几年我在桥儿沟东山的一个小小的窑洞里，面对着一面有镰刀斧头的红旗进行入党宣誓，我含着满眶热泪，默诵了两句诗：“小溪有幸归沧海，大局无忧靠义师！”……对了，今天我们听毛主席讲话，不就是小溪融入大海里吗？不就是大海高兴地容纳小小的溪流吗？啊！难忘的枣园一夕，又是小溪回归到大海时思潮怒涌的一夕！

『人山』在怒吼

我们必须明白，这一切的先进思想与先进精神，是推动人类社会不断向前发展的基本动力，认识这些精神力量与表现这些精神力量可以振奋人心、鼓舞人心，从而促进社会生活不断地向前发展。

“群众群众，无非是几个穷鬼起哄”，这是20世纪30年代上海有钱有势的阔佬们的群众观，这是我和一个大公司的小职员谈天时他告诉我的。这种怀着敌视态度的轻蔑口气，当然令我十分反感，但过后一想，觉得阔佬们很有眼力，能够一眼看穿劳动群众的共同点是贫穷，这种本领是画过群众运动、画过在马路上游行示威的工人队伍的我从来未曾想到的。

隔了六十多年，我在回忆中想起这句话时，就与当时想法大不相同了。六十多年的生活实践与理论学习实践教导我观察客观事物既要有善于分析又要有善于综合的手段。就拿上海阔佬们说的这句“群众群众，无非是几个穷鬼起哄”来看，“几个”是什么呢？“几个”就是几十、几百、几千、几万、几百万……的绝大多数中的极少数。“穷鬼”是什么呢？穷鬼就是工人、农民，就是在世界上占绝大多数的体力劳动者，他们都无钱无势，他们的物质生活条件都非常落后，经济贫穷与生活落后就形成了体力劳动者的共同点。“起哄”是什么呢？“起哄”就是劳动群众对有钱有势的阔佬们的一种抗议、一种威胁、一种斗争方式，因为这些“穷鬼”正是为阔佬们挣钱的垫脚板，他们和阔佬们之间，既有生活大不相同的隔阂，又有离不开的密切关系。“穷鬼”居绝大多数，具有团结一致的特殊本领，阔佬当然是少数，他们最怕的是穷鬼起哄，这个起哄可以动摇他们有钱有势的地位，他们只有用更多的钱、更大的势来对付这些占多数的穷鬼，此外别无办法。“无非是几个穷鬼起哄”这一句话里包含有很多内容，包含有把多数说成“几个”的恐惧心理，也包含有用更多的财富、更多的势力来对付穷鬼起哄的恶毒与野心。

然而，世界上所有的阔佬们的野心都不能得逞，因为他们有一个“认识”问题没有解决。原来人类的认识都来自劳动生活的实践，而且还有一个多次的、反复认识的过程，这个过程都是从认识事物的现象开始，经过对现象的这个侧面到那个侧面、这个视角到那个视角的反复观察，然后才能够从事物的外部现象看到内部的实质。只有先认识现象然后认识实质，这个“认识”才算是真正完成。

然而在这个认识问题上，现象是比较容易认识的，是肉眼就可以看见的，可是要认识内部的实质却比较困难，必须要用有先进思想的眼光，才能看得一清二楚。为什么呢？我们不妨仍旧拿“群众群众，无非是几个穷鬼起哄”这句话来做例子。群众的表面现象是一眼就可以看穿的，要看清群众的精神实质就很不容易，特别是群众团结一致的精神力量，如果不用有先进思想的眼光来仔细观察，更是难以发现。为什么呢？因为群众的表面穿了一件“又穷又落后”的衣裳，严严实实地掩盖了群众的精神实质，特别是那团结一致的精神力量，更非普通的肉眼所能看见。比如，全世界有钱有势的阔佬们，他们只看见那些比自己穷、比自己生活落后的劳动者以及民族、国家的表面现象，而看不见这些群众、民族、国家内部的精神实质；同时，也只看见自己的有钱有势和这种有钱有势还在继续增长的表面现象，看不见藏在这些现象里面的自己的精神空虚。这样，利用自己的有钱有势去压迫、欺凌、损害比自己穷苦落后的劳动群众、民族和国家，就成为增长自己的钱与势的必然倾向，就成为横行世界的霸权主义的思想核心。第一次、第二次世界大战以及目前在巴尔干弥漫的战火，以及因此而产生的许许多多的人间灾难，都是世界上的阔佬们看不见别的民族、别的国家拥有比自己强大的精神武装的结果。由此可见，看不见劳动群众，因而也看不见以劳动群众为主体的民族和国家的精神力量的危害性是多么巨大、多么可怕！

对于我们文学艺术工作者来说，认识客观生活实际，也是先从认识生活的表面现象开始，然后才认识生活的精神实质的。我们为什么要把劳动者作为创作的主要对象呢？无他，因为劳动者是创造世界，而且还在继续创造世界的主人翁。我们为什么经常向文艺工作者提出“深入生活”的口号呢？因为这个“深入”就是要文艺工作者深入到劳动群众的精神生活中去，我们必须认识到劳动群众的精神生活是非常丰富的，他们具有劳动者所特有的那种认真负责的实事求是精神，那种劳动者所特有的坚持不懈的勤奋精神，那种见义勇为的勇敢精神，那种通力合作、行为一致的团结精神，那种全心全意为人民服务的精神以及爱党爱国精神……我们必须明白，这一切的先进思想与先进精神，是推动人类社会不断向前发展的基本动力，认识这些精神力量与表现这些精神力量可以振奋人心、鼓舞人心，从而促进社会生活不断地向前发展。

然而，认识先进的精神形态必须具备有先进思想的眼光，这种先进的眼光就是科学的人生观、世界观与艺术观。我们要具备这些观点，就必须学习科学的马列主义、科学的毛泽东思想和邓小平理论。这一类的理论学习早已在全国学术界展开，我们当务之急就是赶快进入先进的、科学的理论学习实践之中。

我要告诉读者，我在延安最兴高采烈的一件事情，就是我亲眼看见了上万个劳动群众的并不经常出现的精神力量！这种劳动群众的精神力量在我记忆中留下了一个永不磨灭的印象，在1990年我写的《新时代的画像》中早已初露面目，可是我写得非常简短，现在必须详细地再写一遍。

那是1941年“皖南事变”后的四五月间，陕北边区政府在延安大砭沟召开3次坚持抗战、反对投降的声势浩大的群众大会。我参加了大会，而且坐在主席台前的一片空地的最前面，两旁劳动群众的一举一动，我都能看得十分清楚。

大砭沟坐落在宝塔山北部的远远群山之间，是一个喇叭形的大山沟，沟口前面就是车马行人较多的一条大路，主席台就搭在这个喇叭口上，是个临时用木板、椽子和布条搭起来的布棚。到会群众一小部分坐在布棚前的空地上，绝大部分坐在主席台前两旁的小山上，那都是陕北本地的农民。

这两座山坡大约有七八层楼高，很像两个对峙的“窝窝头”，它和与它连接在一起的群山一样，是个只有野草，没有树木的荒山。参加大会的成千上万的农民群众，就层层叠叠地坐在山上，从山脚下一直坐到山顶，整个山都看不见，能够看见的是地地道道的两座“人山”。

实话实说，山都是穷山，人也都是穷人，落后的生活条件只好让穷人把穷山当作层层叠叠的座位。可是这两座“人山”就只有这穷与落后的一面吗？不，不，它还有另外一面，这就是“非常富有、非常先进”的一面，这就是他们既富有先进思想，又富有先进行动的一面。农民群众的生活就是穷困落后的物质生活与富有先进的精神生活合二为一的共同体。

从审美的角度来看，这两座“人山”形象鲜明：飘动的红旗与白头巾、白衣白裤互相辉映，老式的红缨枪与三八式步枪互相辉映，廉价的旱烟与陕北的土腔土调互相辉映，森林般的臂膀与雷声般的口号互相辉映。这个贫穷的落后的“人山”同时又是个富有的先进的“人山”。贫穷手拉手地拉着富有，没有贫穷也就没有富有；落后手拉手地拉着先进，没有落后也就没有先进。富有在摆脱贫穷，先进在摆脱落后，一方面拉着，一方面摆脱，生活就在这种拉拉扯扯中前进，贫穷的落后的“人山”终究会变成富有的先进的“人山”！——出现在我眼前的“人山”，就是进入了新民主主义革命时期的“新的群众的时代”的劳动群众，等到跨过了这个时代之后走进社会主义时代时，这个还具有贫穷与落后的一面的“人山”就会变成整个儿都是富有和先进的“人山”！

后话先提，这是我回忆录的特色。

言归正传，我还是继续讲讲当时的事情，我要用眼前之形体现耳边之声，只有形声兼备，我的话才能说完。

站在那个布棚中的大会主持人我并不认识，他浓重的陕北口音却能够把高呼的口号说得清清楚楚，他的口号声是在满口湖南腔的主席的开场白之后才出现的。主席的开场白我只记得一个大概的内容，他说，当共产党和爱国战士正在进行紧张的抗日战争的时候，国民党顽固派却在皖南抗日根据地向我们进攻。这时“人山”上的劳动群众就开始交头接耳地轻声谈话了。湖南腔接着说，这个顽固派正打算向日寇投降，枪口对准我们，作为投降的见面礼！于是“人山”开始骚动起来了。湖南腔又高声地说，顽固派的卖国野心，我们全体中国人都不答应！于是“人山”就发出了“我们都不答应”的声音。接着，那个陕北口音的主持人就高呼口号：“打倒日本帝国主义！”……“打退顽固派的进攻！”……“坚持团结、反对分裂！”“坚持进步、反对倒退！”“坚持抗战、反对投降！”……主席台两旁的“人山”都激动地站起身来，都激动地举起臂膀，狂热地跟随着一声声的口号高声怒吼。那种声音啊！那种千万颗心的共鸣啊！我只能说，惊天地，泣鬼神，其声震耳，势不可挡，是一种被压抑的掀开重负的声音！是一种被封锁的冲开缺口的声音！有如火山爆发，有如大海沸腾，有如划破夜色的一声惊雷，有如一声冲破地壳的怒吼！……这声音体现了劳动群众所特有的团结一致的精神力量，是一种所向无敌的、无比强大的精神力量！我兴奋，我鼓舞，我把自己的声音融合在这一充分显示了精神力量的巨大声音里。怒吼吧，“人山”！怒吼吧，延安！怒吼吧，中国！让全世界被压迫的劳动群众，同声唱和！

当我回想到六十多年以前充满了精神力量的怒吼的时候，我们全世界的东方与西方，早已多次地响彻这种蕴藏着巨大的精神力量的吼声！1945年，武装落后的中国八路军、新四军打败了武装先进的日本侵略军，主要是依靠这个充满了精神力量的吼声。不久，武装先进的苏联红军打败武装更为先进的法西斯德国和日本侵略军，也主要是依靠这“乌拉乌拉”的精神力量的吼声！1952年，武装并不先进的中国人民志愿军与朝鲜人民军并肩作战，居然打退了武装非常先进的以美国为首的侵略军，难道不也是主要依靠这以劳动群众为主力的充满了精神力量的吼声吗？如此类推，武装落后的越南人民军打退了武装先进的美国侵略军的进攻，武装并不非常先进的南斯拉夫联盟不屈不挠地反抗武装非常强大、非常先进的北约的侵略进攻，难道不都是依靠以劳动群众为主力的无比强大的精神力量吗？想到这里，我不禁高呼：怒吼的“人山”万岁！怒吼的精神力量万岁！

讽刺的讽刺

『文艺批评有两个标准，一个是政治标准，一个是艺术标准。按照政治标准来说，一切利于抗日和团结的，鼓励群众同心同德的，反对倒退、促成进步的东西，便都是好的；而一切不利于抗日和团结的，鼓动群众离心离德的，反对进步、拉着人们倒退的东西，便都是坏的。……』

1941年的冬天，华君武、张谔和我三个画漫画的作者，一共创作了五十余件讽刺画，在延安八路军俱乐部举行了一次讽刺画展。展期只有三天，可是来看画展的观众不少。第一天轮我值班，我在俱乐部门口远远地看见毛主席和江青朝这边走来，我这个人对江青很有成见，来延安后非常反对毛主席这门婚事，一看见他们两个同行，心里就很不舒服，我连忙离开俱乐部，不愿去招待他们。现在回想起来，我的行动太极端，把听听毛主席对作品的意见也丢开了。

在举行画展之前，《解放日报》上发表了一则开讽刺画展的新闻，并且附带地发表了一篇《作者自白》的短文，三个作者中是我挂头牌，可是我并不是这篇自白的执笔人，执笔者是鲁艺文学系的毕业生黄钢，他是我早已耳闻的一个专写报告文学的作者，他的文章我也早就看过，很欣赏他的在叙事中抒情的手法。他曾经因为喜欢夏蕾写的新诗到我的窑洞里来过几次，他和华君武很要好，这篇自白是君武要他写的。

这篇《作者自白》只有一千多字，他给我们的创作先定了调子，把讽刺画展的讽刺对象定为“自己人”中的知识分子，文章先说延安的光明磊落是值得大家歌颂的，后来又说知识分子的个别缺点也是值得讽刺的，一波三折，婉转动听。华君武给我看时我没有提出反对，君武说张谔也没有反对，于是就交给张谔（他在解放日报社做美术编辑）在《解放日报》上发表了。八路军俱乐部是谁去交涉的，我也完全不知道，总之，这个《解放日报》上的新闻与《作者自白》等于是惹人注目的广告，也可能动机是出于要引起大家来看看“自己人”中的知识分子的个别缺点是个什么样子。

我记得，在我住进了桥儿沟东山上的窑洞以后，来看我次数最多的是住在西山窑洞里的华君武。他经常在山下鲁艺的墙报上发表

1940年，张谔、华君武、蔡若虹在延安桥儿沟

讽刺知识分子的漫画，这些作品很受读者欢迎，连副院长周扬也在我面前夸过他。这个讽刺画展的发起人实际上是华君武，他征求过张谔的同意再来征求我的同意，我一口气答应了，也同意我挂头牌，这件事我自己应该完全负责。

我不会忘记，30年代我在上海画漫画时，一贯是反对国民党顽固派的。淞沪抗战后，也一贯是反对日寇侵略的。离开上海后在昆明参加“街头画展”时，也没有离开反对日寇侵略的敌对立场。来延安后在《前线画报》上发表的多幅漫画，也一贯是对日寇进行讽刺的。因而在1941年举办讽刺画展之前，创作所谓针对“自己人”——知识分子的作品时，怎么会突然改变过去一贯的敌对立场呢？我“站到敌人立场上去了”是由于早已习惯敌对立场的连续性，我并不原谅自己，因为我已经在1940年8月参加中国共产党，组织上参加了党，思想（立场）上没有参加党，这不能不使我后悔莫及。

现在回想起来，我参加讽刺画展不仅仅是在作品中站错了立场的问题，而且错误很多，我应当仔细检讨。

“我们的工作首先是战争，其次是生产，其次是文化。”（见毛泽东《文化工作中的统一战线》）这个以抗日战争为首的次序排列，在延安的日常生活实践中也是明摆着的，首先是进行抗日战争的理论学习与文艺宣传，其次才是开荒纺线之类的生产运动……而我们举办的讽刺画展就把笔尖儿对着“自己人”瞄准，这难道不是找错了对象？这难道不是离开了抗战第一的主题？

“在一百五十万人口的陕甘宁边区内，还有一百多万文盲，两千个巫神……这些都是群众脑子里的敌人。我们反对群众脑子里的敌人，常常比反对日本帝国主义还要困难些。我们必须告诉群众，自己起来同自己的文盲、迷信和不卫生的习惯作斗争。”（见毛泽东《文化工作中的统一战线》）从毛主席这些教导来看，“群众脑子里的敌人”应该是除了日本帝国主义以外我们漫画家的第二个敌人，是我们应当讽刺的对象，我们只要看看鲁艺音乐系、戏剧系的所作所为就应当明白了。《黄河大合唱》难道不是遵从抗战第一吗？《兄妹开荒》难道不是针对着生产运动吗？《夫妻识字》难道不是针对着群众脑子里的敌人吗？……还有，我们美术系的木刻版画的题材内容，有哪一件作品不是针对着抗日战争的需要？哪一件作品不是针对着群众脑子里的敌人呢？这些大合唱、秧歌锣鼓、木刻版画都是延安的特产，都是陕北老乡心目中的精神食粮，难道我们自己就无动于衷吗？从这许许多多的工作实践来看，讽刺画展以讽刺“自己人”为主题，是不是一误再误地离开了正轨呢？！

“文艺批评有两个标准，一个是政治标准，一个是艺术标准。按照政治标准来说，一切利于抗日和团结的，鼓励群众同心同德的，反对倒退、促成进步的东西，便都是好的；而一切不利于抗日和团结的，鼓动群众离心离德的，反对进步、拉着人们倒退的东西，便都是坏的。……”

讽刺画展的所有作品有没有这个重要的政治标准呢？君武和张谔的作品我没有细看，我想不会没有的。至于我自己的作品呢？即使有也很少，因为我有些作品是刚来延安时听“小广播”的流言蜚语而画出来的，既非亲眼目击，又无调查研究可言，有些作品仅仅是从一件小事联想到另一些大事，立意虽佳，查无实据，把这些作品作讽刺的对象，都是站不住脚的。哪里谈得上政治标准呢？

“……鲁迅处在黑暗势力统治下面，没有言论自由，所以用冷嘲热讽的杂文形式作战……‘杂文时代’的鲁迅，也不曾嘲笑和攻击革命人民和革命政党……对于人民的缺点是需要批评的……但必须是真正站在人民的立场上，用保护人民、教育人民的满腔热情来说话。如果把同志当作敌人来对待，就是使自己站在敌人的立场上去了。”以上引用的，是1942年5月毛主席在《讲话》中讲到文艺批评中的立场问题的几个重点，是我在听后又重复地看了几遍文章之后记住的一段刻骨铭心的箴言。我好像是瞎子睁开了眼睛，开始想到立场问题，开始想到我自己早已改换了一个崭新的生活环境，而没有改变对敌斗争的立场的可耻，我开始想到这个“讽刺画展”开得太早了，我的盲从习惯也实在让自己吃惊了。

“讽刺是永远需要的。但是有几种讽刺：有对付敌人的，有对付同盟者的，有对付自己队伍的，态度各有不同。我们并不一般地反对讽刺，但是必须废除讽刺的乱用。”

读到这里，我的头脑才豁然开朗，立场并不是由于环境的改变而改变。这个“立场”指的是文艺批评的立场，是针对着对敌、对友、对自己人的三种不同的态度才有三种不同的立场。讽刺是属于文艺批评的一种手段，说“讽刺是永远需要的”，也就是由于它具有对敌斗争的一面，而这一面是主要的。放弃这一面而用敌对态度对待“自己人”，这当然不但是讽刺的乱用，而且是愚昧地使“自己站在敌人的立场上去了”！

我十分痛恨自己画讽刺画的觉悟太低，听了而且反复阅读了《讲话》之后，我才有如噩梦初醒，对自己的过错有了初步的认识，这时候才联系到那些具有明显错误的作品。我觉得，为什么落到这样执迷不悟的境地，是不是对自己过去在上海取得的成绩估计过高了呢？是不是由于盲从了那种在耳边不止听过一次两次的“延安发表漫画的机会不多，开展览会是个好主意”的迷惑呢？

对于自己那些还留在记忆中的错误作品，我一辈子也不能原谅自己，我应当明确地对待自己的检讨，也应该有勇气，敢于在回忆录中一幅一幅地暴露出来。

《一个科长的会客》是我最痛恨的一幅坏作品，在画面上出现的是一个卷起袖子露出手腕上两个手表的老干部，他把两条腿架在椅子扶手上那种对待客人傲慢无礼的态度并不是我亲眼所见的，而是听一个“小广播”（延安惯用的形容那些造谣生事的人们的词）对我讲的许多故事之一。这些故事给我初到延安时的兴奋心情泼了一瓢冷水，因为这些故事和红军原有的“三大纪律八项注意”的军情是完全相反的。我听信了谣言，而且用形象表现谣言，我的罪过是不能轻易饶恕的。

《爱神坐了飞机》，这又是一幅讽刺红军老干部的错误作品。所谓《爱神坐了飞机》是讽刺老干部找对象、结婚之快，这种看法本身就不是实事求是。十七八岁参加红军，经过了万里长征，二三十岁的壮汉怎么不赶快结婚哩？长期在战斗生活中的“老同志”，尽管和自己的对象不在一起，但经过长期生活的磨炼，同志之间和彼此之间都是互相了解的“志同道合”的战友，这种战友比城市中的朋友要密切得多，为什么不在认识之后赶快结婚哩？说《爱神坐了飞机》，实际上是自己坐在愚昧无知的圈圈里爬不出来！这算是什么讽刺呢，岂不是作画者讽刺自己吗？！

《这也是统一战线》这幅作品乱用“统一战线”实在是不可原谅的。我画的是什么呢？我画的是我经常看见但不新奇的场面，这就是黑色的乌鸦落在黑色的猪背上不肯飞去的一个农村野景。我把两种不同种类的黑色联系在一起，而冠上“这也是统一战线”的名字，这不仅仅是低级无聊，而且完全可能引起观众怀疑猪和乌鸦象征着什么，影射着什么。事后，也的确有人问我这是影射什么人物的，我把自己经常看见这种场面的实际情况告诉了他，他冷冷地笑了笑："你太喜欢画画了！"的确，我把低级玩笑当作画漫画的"正确"题材了！

《躺在书本里睡觉》，这是一幅讽刺知识分子的作品，我的原意是讽刺教条主义者不知道结合实际情况的惰性，所以我把马列主义画成一本大书，翻开来倒架在地面上像个窝棚，有个知识分子模样的书生躲在窝棚里睡大觉。这个立意未尝说不过去，可是，我在书本上写了"马列主义"四个大字，就有人说我把马列主义当作骗人的招牌，睡大觉的人是革命领袖……这样一来，正面的就变成了反面形象了！讽刺讽刺，这岂不是成了讽刺的讽刺吗？！

不恰当的比喻永远是跛足的，我自己要对这些不应当有的负面效果负责任。

在我二十来幅作品中，只有这几幅较早地引起了我的自责，其余的都记不起来了。然而，我必须承认，这些作品留下的祸根是不小的。在讽刺画展结束后不久，我收到一个不认识的老乡送来的一封长信，信的开头称赞我的讽刺画画得最好，很多人看后都说这些作品呱呱叫，后边劝我继续努力，劝我再开个个人的讽刺画展，他可以供给我画画的题材。接着后面就一条一条地写了很多条，全是一些污蔑共产党、歪曲边区政府的无耻谣言，这当然使我大吃一惊，双手抖动起来，我看最后署名显然是个化名。信是写在一张很长的毛边纸上的，叠来叠去一共有七八叠，地名是很远的靠近国统区的一个地方。显然，这封信是国民党顽固派写的，是想利用我这个丧失了立场的人，我连忙用一把火把信烧掉了。

我躺在床上半天爬不起来，夏蕾回来问我是不是又生病了。我点点头，后来我又对她说我已经吃了药，躺一会儿就会好的。

我实在对自己有说不出的痛恨，我实在无法表达压在心上的丧失立场的沉重感。那就是站在敌人的立场上去了！那就是站在敌人的立场上去了！……回头是岸，回头是岸……我从床上坐起来，找出了写笔记的小本子，用颤抖的手写了一行只有我自己明白的大字：

“这就是讽刺的讽刺！”

一粒鼠屎 一锅汤

车子到了褒城，土地的颜色马上从深褐色变成土黄色了，环境也变得有些荒凉了，这大概就是南方与北方的分界线。

（一）

一提起这件事情我就摇头叹气，我马上联想到俗话说的“一粒老鼠屎搞浑了一锅汤！”，这指的是1941年冬天在延安兴起的“抢救运动”。

提起这件事情，我就想起这个“抢救运动”的始作俑者——康生。我记得，就是他在运动开始时的一次露天群众大会的主席台上讲话中，用手指着台下的众多群众（包括各界的机关干部）大声地说：“……到处都是鬼，这里面也有鬼……那里也有鬼！……”他所说的“鬼”是指国民党顽固派派到边区来搞破坏活动的特务分子。康生边说边用手向台下东指西指，我随着他的手势回转头朝后看，看见当时也有不少人回转头东看西看，造成一股大白天见鬼的恐怖气氛！现在回想起来，在康生的眼里，的确是“特务如麻”！

一提起这件事情，我也会联想到大半年之后的最终的一次群众大会上，站在主席台上的不是康生而是毛主席，他神情肃穆地对台下众多群众讲话：“……这次的‘抢救运动’我应当负责……我听信了谣言……我让很多老同志新同志蒙受了冤屈，我今天专门向这些同志道歉！”他边说边举起手恭恭敬敬地向台下敬礼、敬礼！

台下寂静无声，我看见人们普遍地低下头来，有人在流泪，有人用帽檐遮住脸。散会了，人们都不是急急忙忙地走开，而是慢吞吞地结队回去。

至于我自己哩，我心中放下了一块大石头，我不但参加了运动，而且我这个入党不过一年多的新党员还是美术系教员中一个“抢救”别人的小小头目，我庆幸自己在运动中没有做错事，我庆幸自己在运动开始时就半信半疑。疑的是什么呢？我一开始就不相信康生所说的有那么多的“鬼”，我所认识的同志多半是比我老得多的老革命，他们平日的行动和言论并没有什么可疑的地方，怎么突然会变成特务呢？那么，为什么我又“半信”呢？那是因为我来延安时在四川有个小特务在车上和我很接近，并且想借我的名义(与我认识的名义)在延安混进文化机构。不久就发现他是个参加特务工作没有多久的年轻小特务，在他招认以后我们就把他驱逐出去了。这是和我同车到延安来的那个押车副官告诉我的，他到鲁艺来找我两次，第一次告诉我那个姓黄的年轻人是个小特务，让我不要见他，第二次告诉我已经把小特务赶出边区了。这件事一直使我这个毫无戒备之心的人惴惴不安，所以我深信“抢救运动”是势在必行的。

(二)

我不能不想起那个小特务与我接近的情况。那是1939年4月间，我和夏蕾在长途旅行到达重庆之后，张谔和工友们向我们告别，他们都是到重庆新华日报社去工作的，我和夏蕾继续赴延安。重庆有八路军办事处，我们就住在办事处的宿舍里等车。在出发之前，办事处一个接待我们的同志拿了两套八路军的军衣、军帽、臂章、符号等等来到我们屋里要我们换上，他笑着对我们说：“请你们不要忘记，从今天起你们都改了名字，你就叫做蔡子江，你就叫做夏鸣雷，在陌生人面前，切莫暴露自己原来的身份。”我们马上换上军衣，看着符号上写的新的名字，又是惊喜，又是高兴，我盯着夏蕾看，夏蕾盯着我看，一边拉拉袖子，一边整整军帽，我叫夏蕾把小辫子塞进军帽里，不要令人一看就不像个八路军。总之，我们俩本来就对八路军非常崇敬，现在突然自己也变成八路军了，那种兴奋真是一言难尽的。

我们第二天坐着大卡车出发了，一共有四五辆，车上前半部装的都是药品，这些汽车和药品都是国外华侨专门送给八路军的。我和夏蕾被分配在不同的两辆车上。我坐的那辆车最先出发，车上坐的都是穿军服的中年男子，见面时彼此都亲热地互相看了一眼，都不说话，我也学着别人的样子静坐不动。我记得汽车出发后到达的第一站是广元，押车副官问我下车不下车，我说不下车，他就招呼别人去了。我记得车子大约停了十多分钟就准备开车了，这时突然有个穿米黄色学生装的青年跳上车来，他东瞅西瞅，好像在寻找座位，结果恰恰坐在我对面靠近车尾的地方，他还在瞅，两只眼睛好像闲不住，既有年轻人的稚气，又有中年人的老气，那一身米黄色衣服在清一色的深灰军服中十分打眼，我发现他不时地朝我看，就连忙把脸转向前方。

车子到了褒城，土地的颜色马上从深褐色变成土黄色了，环境也变得有些荒凉了，这大概就是南方与北方的分界线。我下车散散步，忽然看见那个华侨司机（一个十分活跃的知识青年）在和路旁坐在地下的乞丐对话，他说："你给一个好吗？"那个乞丐正在褴褛的衣服上捉虱子，他气呼呼地把手里的虱子往司机的手里一塞，这个顽皮的司机把虱子捉着对我说："来看小虫虫啊！来看小虫虫啊！"我哑口无言，只感到贫富之间的距离很大很大！

等到我回到汽车上时，发现那个穿学生服的年轻人坐在我座位旁边，他一看见我上车就连忙对我点头，招呼我坐下，并且和我攀谈。他是四川口音，自我介绍他姓黄，高中毕业后想到延安去考大学，他问我是不是也去延安，我觉得这个年轻人有点过分热情，没有正面回答他的问题，可是他喋喋不休，说他很爱好文艺，看过很多文艺方面的书，特别喜欢鲁迅和郭沫若的书，并且把书名一一讲给我听，这一点引起了我对他的好感。他说郭沫若是四川乐山人，乐山有条沫水，所以他起名沫若，问我知道不知道，我说知道。他就进一步对我说:“我知道你是个文艺家，你替我起个学名好不好？”我摆摆头，他又对我说：“你就替我起个名字吧，我原来叫做黄义祥，这个名字太俗气！”我有点好笑，就说：“你就叫做黄豆吧！”他看见我开了口，就一把捉住我的胳膊说:“好好好，我到延安就用黄豆去报名！”同车的人都朝他看，好像很新奇，我就不再开口说话了。

汽车到达西安，押车的那个老红军安排我下车，那个年轻人想跟我一起走，老红军不睬他，只拉着我一人跟他一起，他把我和夏蕾一同安排住在八路军西安办事处的宿舍里，他告诉我办事处主任是林老（林伯渠），我说我多年以前和林老见过一面。

当天傍晚，西安办事处有个同志安排我们住宿，并且对我说:“你们明天仍然穿上原来的衣服吧，明天可能开欢迎会欢迎你们！这两套军服，就留着你们到了延安以后再穿吧。”我和夏蕾都很高兴:“还开欢迎会哩！”真想不到。为什么一会儿换上军装，一会儿又脱下军装？这些事我都不问，反正总不外乎革命的“需要”。

第二天在欢迎会上，我看见林老了。那是1926年九江县农民们带着梭镖（即北方的红缨枪）去打九江市党部的时候，我恰恰在附近看见林老骑在一匹白马上（那时林老是国民革命军第六军政治部主任），大声对农民们说:“你们不要听谣言，市党部里都是好人……都是……”农民们不听林老的话，还是往前冲。

隔了十多年，现在的林老显然比当年苍老了许多。他致欢迎词，大意是说今天欢迎的同志有的来自苏联（指的是萧三和王钧初），有的来自上海、南京（指的是我们夫妇和朱丹），“我们欢迎他们去延安工作……”。他讲完后指定萧三和我也在会上讲讲话，萧三讲得较多，这个诗人久别故国，说话很动感情。我只讲了几句话，大概是“我是个没有进过熔炉的顽铁，到延安去要好好学习”之类的话。

第三天清早出发时，我身上早已换上了西服，夏蕾也换上了旗袍，跳上汽车的那个年轻人早已在车上坐着，他一看见我换了服装就站起来迎接我，好像是熟人一样。等我们都坐下后他又坐在我身边，又一路和我攀谈，他说：“你是从上海来的吧？上海有个漫画家他叫做蔡若虹你认识不认识？”我因为已经脱下了军装，就随口说他就是我，这个年轻人又捉住我的胳膊，亲热地靠着我问：“你到延安后到什么地方去？”我又随口说我去鲁艺教书。谁知道我把这些底细告诉了一个特务，以致他到延安后借我的名义活动，并且到鲁艺来找过我。如果不是押车的老红军来告诉，我这个粗心大意的新兵真的是上了特务的当。因此，我怎么会不相信延安有特务呢？

（三）

我参加“抢救运动”，始终不能忘记的是教我很多知识的宋侃夫，他是鲁艺政治部主任，是鲁艺“抢救运动”的主要领导人，一个能诗能文的老红军。我平日和他并不接近，可是自从当了美术系主任以后，在“抢救运动”中与宋侃夫和陶明（宋的助手）产生了几乎天天来往的工作关系。他分配我担任美术系教员方面的审查与“抢救”工作的头目，分配王曼硕担任美术系同学和研究员的审查和“抢救”工作。据我了解，对于美术系全体人员的政治情况，宋侃夫和陶明早已了如指掌，我和王曼硕不过是在他们的领导下把工作落实罢了。

在落实之前，宋侃夫与我谈了一次话，大意是说我是从上海来的，关于国民党对付共产党的许多特务组织情况一定很不了解，他这里有很多文字材料，希望我能看到，对于组织情况的了解并不重要，对于特务在文化工作方面的破坏活动却应当加倍注意。陶明是个勤快的好同志，他常常到东山来给我送材料，看完后又马上取回。从这里，我才知道国民党内有什么“复兴社”“CC”“三青团”之类的许多特务组织。这使我联想到20世纪30年代我们上海的地下活动经常遭到破坏，经常有人被捕，经常有人牺牲的一些情况。特务，特务，这些杀人不见血的刽子手，怎么不叫我痛恨！

陶明对我说，东山美术系教员有个共同特点，就是沉默寡言，不喜欢与别人打交道。因此，宋侃夫指定了西山两个研究员做我的助手，一个是木刻家彦涵，一个姓张的，我忘记了他的名字，他们两个都曾经在前方部队工作过，经验丰富，在“劝说工作”上帮了我不少忙。

宋侃夫分配给我的“抢救”对象，是个和我很接近的木刻家，他人很活跃，与东山教员们不同的是，他经常带着一个小板凳到山下去听课，没有什么教员架子，也常到我窑洞中来和我谈天，把他的新作品拿给我看，征求我的意见。对这样一个很熟的同志进行“劝说”，要他坦白自己过去的历史，实在令我难于开口。我看过他的自传，并没有什么较大的疑点，可是陶明告诉我他过去所在的山西的环境很复杂，有些表面上抗日的团体实际上被坏蛋们所操纵，值得注意。宋侃夫到底是个了解我为人的好同志，他对我说了这样一句话：“不肯定，尽力而为之。”

我记得召集第一次“劝说小组会”的时候，这个木刻家有点气愤地说：“我有什么问题呀，我的历史是清清白白的！”彦涵马上对他说：“你不要封口，咱们才开始呢！咱们慢慢地谈。”我自己虽然是小组长，但只能说几句老实话，比如“要记住党对自己的培养，党不会冤枉好人”之类的话。他很听我的话，他说：“我可以把历史重说一遍，有疑问你们就提出好了。”我不记得这种“劝说会”

开了多少次，只记得大家都在鸡蛋里面找骨头，等到灯油快干了才停止，我记得最后一次，木刻家好像下了决心似的说：“我坦白，我坦白……”突然，他又改口说：“我不能乱说……我不能空口伤人！”他低下头，从此他再不开口了。第二天，陶明对我说，宋侃夫的意见是劝说小组可以停止活动了，这个木刻家大概是个好同志，不要再去逼他了。我听了非常高兴，好像是我自己的问题解决了似的。而以后，反而是这个木刻家常常来问我什么时候可以作结论，我说：“你等着吧，反正党不会冤枉好人！”

宋侃夫没有分配我劝说第二个被“抢救”者，这是幸事！可是不久，他又分配给我一个新的任务，就是对一个名叫杜夏的刻蜡版的工作人员做最后的审查和下结论，这个杜夏在自传中明明白白地写出了他在西安被捕后，国民党的特务组织对他拷打，逼他参加特务组织，可是他始终没有屈服。宋侃夫告诉我，我们有材料证实他实际上是参加了特务组织，才放他到延安的，你放心写结论，他的问题是“肯定的”。

我在整个“抢救运动”中做的唯一的错事就是写了这个结论。杜夏非常痛恨我，他一见我就把头一偏，好像看见了冤家似的，我自己可是云里雾里，什么也不知道。

谁能料到，过了十年之后的 1953 年，我正在建国后的文化部艺术局工作的时候，宋侃夫从湖北汉口来到北京，他特地找我谈话，兴奋地告诉我“杜夏不是特务”，是个不屈不挠的好同志，是西安的特务组织故意陷害他，假造了一个杜夏参加了特务组织的文字材料，又故意让我们一个打进特务组织的情报人员知道，这个假材料到了延安就变成了一个真材料。宋侃夫说：“你想不到吧，我们在斗争中也重复了《三国演义》中‘蒋干盗书’的一幕，你可以想到斗争的激烈吧！”

现在回想起这些事情时，的确有梦幻之感！宋侃夫已在北京去世了，我对这个老红军十分敬重，敬重他对人对事十分小心谨慎，有见解，不冒失，一丝不苟，有始有终。他特别告诉我两件事：一件是党早已给杜夏摘掉了特务帽子，杜夏不埋怨党，只痛恨国民党特务组织的毒辣；第二件事是一定要使事情经过让我这个给杜夏写结论的同志知道，让大家都放心，都能安心地为党工作！

一粒老鼠屎搞浑了一锅汤！老鼠屎是永远都存在的，我希望一锅汤不要再被老鼠屎搞浑了！

乱弹琴

那个圆圆的月亮越是在头顶上越亮，它那无比晶莹、无比清澈的光辉，给周围的群山都披上了一层薄薄的银纱，既可以看见分明的轮廓，又显得有些朦胧，让人好像掉进了一个美妙的梦境中那样！

“哈哈，这简直是乱弹琴！”“你不要听他乱弹琴！”“这家伙专门乱弹琴！”我不知道“乱弹琴”这个词到底是陕北的土话还是当地知识分子的口头禅，总之，在当年鲁艺同志们的口中是经常出现的。琢磨这种语气，好像既区别于带贬义的“胡说八道”，但又不是褒义，而是介于贬词与褒词之间的一种极有野趣的、不够文雅、不够礼貌、有点出人意料、有些令人尴尬的语气，好吧，就把它当作尴尬的代名词吧。

我是个性格外露的汉子，在延安的七年生活中，和我熟识的同志都认为我的生活态度是比较严肃的，不肯轻举妄动的，殊不知我在生活中也照样存在着一些只有“乱弹琴”可以形容的尴尬的事情。回想起来，这种事情不外乎三种，一是“马粪”，二是“野兽派”，三是“精神会餐”。回想总是有头有尾的，且听我一件一件地想起来。

（一）“马粪”

生活中的习惯，是人们束缚自己的自我惩罚。年轻时在上海的多年生活中，人们都认为我是个洁身自好的青年，可是我从20世纪30年代开始就染上了抽纸烟的恶习，这一点，在当时的生活条件下，连我自己也不以为意。

那是我从上海美术专科学校毕业以后的1932年，我整天在失业的苦闷中郁郁不乐，住在表哥家里混日子。表哥说：“你为什么成天愁眉不展的？难道天会从头顶上掉下来吗？……我这里有的是纸烟，你也抽抽烟吧，抽烟可以解闷！”从此，我就开始抽烟了。

我觉得，解闷是假话，解“闲”却是真有其事，它使我养成了一种习惯性的动作，先动手，后动嘴，再动眼睛，看着袅袅青烟在面前升起，然后胡思乱想：“这日子怎么过呀！……”就这样，我把抽烟和思索渐渐联系在一起了，要思索就必须抽烟，抽起烟来人就马上沉浸在思索的海洋中。抽烟这个恶劣的习性，就这样钻进我的生活中来了。

等到我在先灵洋行担任画家以后，特别是当我开始画漫画的时候，抽烟就和我联系得更密切了。白天，我在先灵洋行的写字间里绝不抽烟，等到我回到亭子间以后，尤其是电灯亮了以后，关起房门，把利用白天工作清闲想好了的创作题材进行艺术初稿加工的时候，纸烟就一支接着一支地抽个不停，小小的亭子间里烟雾腾腾，我就好像是个“老枪”似的，一直把作品完成才睡觉。

夏蕾每逢星期天都来看我，她一进门闻着烟味就说：“又抽烟又抽烟，不抽烟，好不好？”她反对我抽烟一直从上海反对到延安，我都没有听她的劝告，因为我已经离不开它了。实话实说，在延安抽烟的确是自我惩罚。第一，少数的零用钱（稿费）连毛巾、肥皂都不买，都花在抽烟上了。第二，窑洞里面不透气，抽起烟来连自己也觉得呛人。第三，由于长期抽烟，我早已患上了气管炎，一年四季都咳嗽，实在没有一丝一毫的好处。别的同志劝我抽烟斗，我嫌烟斗叼在嘴上不舒服，实际上，我已经被锁在习性的铁笼子里了！

还有，我在延安抽的纸烟是什么呢？延安没有卷烟工厂，外面的纸烟进不来，我抽的纸烟是老乡自己用手卷的，里面的烟草也没有一点烟草味。可是，只要口袋里还有一点可以买包纸烟的钱，不管下雨下雪，不管下山上山路滑，我都要急急忙忙地像救火似的跑到山下小铺子买一包回来。有一天，华君武到我的窑洞里，夏蕾说我下山买烟去了，等我一回来，君武就抢过我的纸烟，用手掏出烟草来给我看，他说：“这哪里是烟草呀！这简直是马粪！”我也不管是不是马粪，照样抽。习性往往使人不顾廉耻，这一点我自己也知道。

建国以后，我在医院里检查身体时，医生问我：“你年轻时吐过血是不是？”他把我的肺部X影像给我看，上面尽是斑斑点点，医生说：“好在现在都已经钙化了，这都是肺结核的迹象呀！”

我挑选了5月5日（马克思的生日）开始戒烟，我知道只有坚强的意志能打败习性。我终于把烟瘾戒掉了。

（二）“野兽派”

环境是万能的，长期不变的生活环境能够培养人的性格。环境的改变也能够改变人的性格。延安这个特殊的艰苦环境，使我原来的“不安于位”改变为“随遇而安”，这一改变，让我终身享受不尽！

在延安生活了一年，才知道穷人的衣裳为什么特别容易破的道理，原来是因为衣裳仅仅只有穿在身上的一套，没有换洗的可能，所以衣服就像是纸做的，特别容易破，而且是这里那里、前面后面一齐破。我从上海动身到延安时，冬衣倒是带了两三件，可是衬衣衬裤不多，不到一年，就只好贴着肉体穿上军衣军裤了。延安尽管艰苦，可是个不愁吃、不愁穿的好地方，每年总按时发一套棉衣、一套单衣，大家都渐渐习惯于赤身裸体地穿棉衣或单衣，而且觉得特别方便，特别舒服。现在回想起来而且把它写在纸上，不怕别人笑话吗？这有什么可笑的，穷并不是耻辱，只有钱财来得不光明不正道才是耻辱。也许有不少人不知道贴着肉体穿棉衣棉裤的痛快呢，我用两句抽象的话语告诉你们，这种舒服和痛快可以说是四大皆空，其乐无穷！

没有过过艰苦生活的读者，或许以为我们的冬天比夏天难过，不，不，不是这样，夏天反而比冬天多事，人体容易出汗、容易脏，衣服也容易脏，需要洗澡，需要洗衣裳，这就必须“随遇而安”地创造条件，创造既可洗澡又可洗衣的条件。延安的女同志是很有办法的，先打一盆水或一桶水，然后关起房门，先擦身体后洗衣裳，这并不很费时间。至于男同志呢？根据我自己的经验，男人做事总喜欢痛痛快快地干，关起房门干吗呢，我们有我们的好办法。

现在想起“在改造客观世界的同时改造主观世界”这句话真是说尽了革命的真理。把这句话反过来说就是“为了暂时地适应客观世界，必须先改造主观世界”，另外，“不安于位”和“随遇而安”是互相依存、互相转换的。为了适应延安的艰苦环境，必须先改造自己的主观世界。

问：“洗澡没有澡盆怎么办呢？”答：“延河里有的是水，延河就是澡盆。”问：“洗澡洗衣没有肥皂怎么办呢？”答：“河水里有碱，不用肥皂也可以洗得干干净净。”问：“洗湿了的衣服怎么能够很快就干呢？”答：“夏天的阳光很快能够把衣服晒干。”问：“光着屁股在露天洗澡不怕被老百姓看见吗？”答：“一看见有老百姓来了，就马上把下身浸在河水里。”问：“虽然是自己人，大家赤身裸体不害臊吗？”答：“没有做亏心事就不会害臊！”

我必须说明，穿惯了衣裳的人类在阳光下赤身裸体并不是什么文明的事情，我也并不提倡人人如此，但我必须说明，人的创造性总是随着环境的需要而不断产生的。我为了缩短光着身子的时间，很快就创造了一种迅速洗衣服的办法。先洗裤子，裤子只要洗洗裤腰和裤裆，裤腿只要在石头上搓搓就够了。洗好了马上铺在河边的石头上晒，一会儿就干了。后洗上衣，衣服是领子、袖子容易脏，先洗这些，然后洗前襟，后襟也只要搓搓就够了。这种快速洗衣法是在实践中形成的，时间最长也不过五六分钟，所以赤身裸体在阳光下的时间并不长，较长时间是用在河水里洗澡的时候，有人一边洗一边唱歌，有人互相对话，这种上有阳光下有河水，痛痛快快地洗澡的乐趣，绝对不是海滨浴场上的游泳可以相比的，更不是高级浴室里洗澡可以相比的。为了表达当时这种一丝不挂、一尘不染的心情，我胡诌了两句五言，这就是：“身心两无垢，何必计衣冠！”

我记得有一次我和华君武洗完澡，穿好了衣服回鲁艺时，在学校门外的路上碰见了周扬骑着一匹白马回来，周扬一边下马，一边问：“你们是在延河里洗澡回来吗？”华君武马上回答：“是呀，我们都是‘野兽派’！”周扬听了哈哈大笑。

野兽派是法国大画家马蒂斯所创造的一个画派的名称。华君武巧妙地用这个名称形容我们赤身裸体地在延河里洗澡的行为，一语双关。“野兽派”并不等于野兽，而是一个个敢于将裸体与阳光、与河水见面的“大地之子”！

（三）“精神会餐”

我生长在南方，是吃大米饭长大的，也是吃普普通通的家常便饭长大的，对于吃，从来不讲究。在上海时尽管每月拿的工资和稿费不少，可是我在吃的方面仍然非常简朴，往往两毛小洋的一碗菜饭就打发了一顿午餐或晚餐。我自认我是能够吃苦的，所以才敢于到延安去。谁知道延安的艰苦出于我的意料，那种硬邦邦的小米干饭实在使我不能下咽，没有办法，只好把每天早晨的一顿小米稀饭分作三顿吃，　就这样过了十多天，我就生了一场大病，便血、高烧不退，在医院里住了一个多月才逐渐痊愈（医院里缺少对症的药品，完全靠医生护士的精心护理才慢慢好起来的）。人是需要经历巨大的磨炼才能够改变习性的，在快要出院之前，我看见别人吃小米干饭时，已经觉得这种小米饭是很香很香的了。

我快要出院之前，鲁艺已经从北门外搬到桥儿沟了。政府为了优待鲁艺的教员，特地在东山的半山坡上建了个小厨房，为东山教员们改善伙食，每天中午有顿大米饭或者面条，每星期有一天吃肉，是半肥半瘦的大片猪肉和青菜萝卜之类煮在一起的连汤带水的美味。我从医院回到桥儿沟的东山窑洞后，就是过的这样的日子。老实说，在建国之后的北京，即使是小康之家，在伙食方面也不比东山强多少。

然而，人们的食欲总是向美味看齐的，改善了还不满足，好了还希望更好。在延安，每逢五一劳动节、元旦和旧历春节，各个机关学校都有一次全体人员的会餐，这就是大大地改善伙食。大病初愈的我，食欲特别强，不管什么东西都能吃下去，当然更企盼节日的到来。

鲁艺美术系的节日会餐，总是由住在西山上的同志亲自下厨房动手，广东籍的罗工柳、古元几个木刻家都是会做美味菜肴的能手，他们做出来的红烧肉，我觉得比上海名厨的手艺还要高明，吃了还想吃，可惜的是一年之中的会餐只有三四次，常常令人想念。

不知道是谁发明了“精神会餐”这个名词，这是形容事实上办不到，只好在嘴上谈谈过去吃过喝过什么好东西的名词，后来，又发展成不管是谈吃喝还是谈别的什么，只要看见有人坐在一起闲聊，都一律看作精神会餐。“你看，他们又在精神会餐！”这个名词就变成了谈天说地的总称。

在我的记忆中，我参加这种谈天说地的时候并不多，和我一起闲聊的也不过是几个平日来往较多的老同志，比如江丰、力群、华君武等等。使我念念不忘的是延安的月明之夜，那是千金难买的一边谈天一边赏月的好环境，自从我离开延安以后再也没有遇见过这样的环境。

山野中的月夜比城市中的月夜美得多，山野有一轮明月高悬的万里无云的晴空，就和延安同志们的心胸一样辽阔。那个圆圆的月亮越是在头顶上越亮，它那无比晶莹、无比清澈的光辉，给周围的群山都披上了一层薄薄的银纱，既可以看见分明的轮廓，又显得有些朦胧，让人好像掉进了一个美妙的梦境中那样！

在我的窑洞门外，我也学马达那样把土墩铲成台阶形的“土沙发”。住在西山上的江丰喜欢在月夜到东山来看我，我总是先吹灭油灯和江丰坐在“土沙发”上谈天。华君武白天经常来，月夜也曾来过，也是坐在“土沙发”上和我谈天。我们海阔天空，无所不谈。我记得君武喜欢讲笑话，他讲的笑话常常叫我笑痛肚皮。其中有个笑话叫做“三颗珠子”，我现在还记得，很风趣，也很深刻，加上君武自己编造的形象化的语言，简直把人类在本能上的迫切要求形容得淋漓尽致！可惜的是，这个笑话是个“荤笑话”，我现在不能在这里把它写出来。

江丰是上海人，20 世纪 30 年代和我同是“左翼美术家联盟”的盟员，可是当时我和他并不认识。在延安，江丰和我来往较多，他曾经把我写的一首新诗《母亲》转交给胡风在《七月》上发表。江丰坐在我的“土沙发”上和我谈天，也有一幕值得回忆的笑剧。他指着月亮说：“你记得不记得，上海的月亮不亮又不圆？”我说：“哪里的月亮也比不上延安的月亮！……我家乡的月亮也很好，连狐狸也坐在墙头上看月亮！”江丰问我：“城市里也有狐狸吗？”我说：“怎么没有，小时候我家的楼上（不住人只堆放不用的家具的楼上）就住着窝狐狸。”于是，我就把我亲眼见过的狐狸的故事讲给江丰听。当我讲到夜里狐狸从楼上走下来时，声音就像小脚妇女下楼时丁冬丁冬的声音一样时，江丰说：“怕得嘞！你讲的有点像《聊斋》！”当我讲到狐狸能模仿人的动作，能够立起身来用两只前腿抽开旧式门上的门栓跑出去时，江丰又说：“乖乖！好厉害！……狐狸伤人不伤人？”我告诉他，倒不伤人，可是往往吓得我和三哥大叫！因此，父亲用朱笔在黄表纸上写了“姜太公在此”几个大字贴在门头上，从此以后我家的狐狸就规规矩矩地不吓我们了。江丰抬头看看月亮，对我说：“很晚了，我该回西山去了。”他站起身来走了几步又回头对我说：“我不要在半路上碰见狐狸呀，不怕不怕，马克思在此！马克思在此！”一边走一边大笑。

我写到这里，很想问问读者，我的这些回忆，是不是在向读者“乱弹琴”呢？

生命的凯歌

我也很倔，不管怎样忙，我要保证『三不误』，不误学习，不误劳动，更要不误上课和给同学们改卷子（我教的是『例作实习』），我的确做到了。

1942年5月，我的妻子夏蕾在医院里生了一个女孩，这正是延安文艺座谈会召开期间。

这一年延安的5月，好像江南的梅雨时节，经常下阵雨。住在桥儿沟东山上的我，每天下山上山必须经过几十级一半是石头一半是泥土的台阶，下雨时台阶有些滑溜不好走，但又非走不可。而且，一到雨天，延安就马上改变了它那一贯爽朗的万里晴空的颜色，就像住在山上的我们的脸色似的，从高高兴兴的笑脸马上变成阴沉沉的愁眉苦脸。我和夏蕾都不喜欢下雨，可是5月的阵雨又对庄稼有利，天并不是总和劳动者作对。

延安的5月，从表面上看来，到处仍然是荒山秃岭，看不见一点点春天的痕迹，可是在我们住的桥儿沟的后沟深处，在那野草丛生、人迹不到的山沟里，在陡立的山坡石壁上，由于有点点滴滴的流泉流下，丛丛黄色的野蔷薇和紫色的丁香却开得十分烂漫，香气袭人！这种旖旎的5月风光，也只有我这个喜欢在散步时寻幽探胜的外来人才能够发现。我非常高兴地在石壁下折了几枝野蔷薇和丁香回来，插在一个装水的小瓦罐里，悬在床头边的木柱上，左看右看，觉得这些野花给寂寞的窑洞添加了许多生气和朝气，我用这些野花迎接夏蕾和孩子归来！

产期过了10天，夏蕾骑着一头毛驴抱着孩子回到了东山，她在窑洞里解开襁褓，把婴儿抱给我看，我看见那个红彤彤的小脸上鼻子和眼睛有点像我，那种初为人父的喜悦心情和责任感不禁油然而生，觉得自己突然长大了，长老了。我对夏蕾说："这孩子诞生在革命圣地延安，长大了一定有出息！"夏蕾说："你这个当父亲的也应该给孩子取个名字了，要起个与延安有关系的名字！"我回转身，伏在桌子上东想西想，想了很多名字比如"乐乐""圆圆""安娃""山婴”之类，写在纸上让夏蕾挑选，夏蕾看后一声不响，大概都不中意，过了一会儿她才慢吞吞地说：“我喜欢延安的大晴天，就叫蔡晴，好不好？”我嫌两个字不好听，又在“晴”字下面加了一个“子”字，从此就“晴子晴子”地叫开了。（建国后晴子在北京上小学报名时，夏蕾又嫌“晴子”像日本女人的名字，她把名字改为蔡晓晴，这个名字就一直叫到今天，这就是今天仍然在当电视导演的蔡晓晴的取名经过，她已经五十多岁了。）

回想起来，延安的确是个幸福的大家庭，夏蕾自从怀孕后，生孩子有关的事情一点也不懂，完全靠住在东山上的生过孩子的母亲们指导。事情很巧，美术系有个女教员张悟真同志常到我们窑洞里来，从夏蕾怀了孩子以后，她就教夏蕾这样那样一件一件地做准备工作，从剪裁小孩的衣服、尿布、襁褓等等到一针一线的缝纫，都亲自动手做给夏蕾看，比旧式家庭中的姑姑婆婆还要老练，还要周到。张悟真是湖南人，比我大三四岁，她为人豪迈，有一种男性的坚强性格，她是一年前从法国巴黎回到延安的，先在解放区报社，不久转到鲁艺美术系当教员。她与我和夏蕾特别亲近，她健谈，曾将她先在南洋教书后到巴黎求学的许多经历告诉我们，那种艰苦奋斗、死里求生的无畏精神使我们十分感动，也增加了我们和艰苦生活作斗争的勇气。

张悟真不仅教夏蕾做生孩子的准备工作，而且也教我如何做一个好父亲。她对我说：“你可不要大男子主义呀，在延安，你要学会做许多自己从来没有做过的事情，生孩子要喝鸡汤，你应该先养鸡，先掏个鸡窝，延安的母鸡很便宜，十块钱可以买好几只，你现在就应该到后沟老乡们的家里去买。”于是，我先拿起铁锹在窑洞外边的土墩下掏了个鸡窝，又在后沟里捡了一大块石板做窝门。张悟真说:

1943年8月，蔡若虹、夏蕾及长女蔡晓晴在延安桥儿沟东山窑洞外

“你得先问问王式廓、力群这些养过鸡的人，鸡窝要有多大，石头要有多重。”我说，不用问，这也用得着别人指导吗？我把事情看得太容易了。

鸡也买来了，延安母鸡的羽毛非常漂亮，有松黄的，纯黑的，还有灰毛上满是白点点的芦花鸡，这些鸡很驯服，一买来就认识家，清早出窝，傍晚回窝，都会在山坡上自己找吃的，用不着多费粮食。夏蕾很喜欢这些鸡，给不同颜色的鸡起上“阿黄阿黑”之类的名字，她对我说：“我从来不吃鸡，你不要杀这些鸡，它们很懂人意，将来孩子长大了留给她做伴。”

张悟真又对我说：“你没有看见吗？有孩子的人家都在窑洞里垒起了小炉小灶，婴儿需要常常喂水，也需要洗洗擦擦，经常要开水，延安没有热水瓶，只好自己烧开水。你去问问力群、王式廓家的小炉小灶是怎么垒的吧，你现在就该动手垒小灶了。”

我先到力群的家里去看，他的小灶是在窑洞外面的土墩上，就地取材，很方便也很合用，不用砌烟筒。力群问我：“你也要筑小灶吗？我这里还有几根不用的炉条，你拿去用吧。”我拿了炉条，又到王式廓的家里去看，他的小灶是垒在窑洞里面角落里，不小，好像可以给大人自己煮东西吃。我问式廓烟筒怎么砌，式廓说后沟有不少石头片子，可以去挑选，要一样大小的，拣回来砌烟筒。我回到自己窑洞里思索了一番，小灶砌在窑洞里可以避风雨，做小一些可以省柴火，于是下决心把小灶垒在窑洞进门的角落里，烟筒哩，慢慢想办法。

延安有的是土，黄土是我们用不完的家当。夏蕾说：“你做得小些，我们自己不煮东西。”我一铁锹一铁锹地把山坡上的土铲回来，还用大块的石头打基础，尽管是初试锋芒，但是兴趣在创造能力的运用上，并不感到什么困难。调水和泥的玩意儿我做得很细致，把稀泥调和得像糨糊一样，只有做烟筒确实费力，一块块地拣来，一块块地拼凑，我把烟筒做得有两三尺高，爬到板凳上把烟筒一直通到窑洞门的外面，这个工程需要比垒灶多费两三倍的时间，而且还爬上爬下，累得满头大汗。夏蕾虽然也在帮忙，可是我总是劝她不要太费力。力群送给我的炉条很合用，这个小灶也做得齐齐整整。刚刚完工，我就急急忙忙地用废纸和野草生起火来，一见火光熊熊，我又马上伸头去看窑洞门外的烟筒是否出烟，当青烟居然从烟筒口冒出来时，我叫夏蕾赶快来看，我用双手创造的炉灶大功告成了。我高兴得无法形容，世界上有什么事情比创造成果更值得高兴和回味的呢！

力群夫妇赶过来看我的炉灶，他们夸我的手艺不错，做得小巧玲珑。张悟真也来看，她说："这炉灶秀气倒蛮秀气，恐怕不太耐用！"她的话说到点子上了。用这个炉灶不到十天，烟筒上的石头片子就掉了两块下来，害得我自己又上上下下地忙着补烟筒。

有孩子的人家都有大大小小的盆盆罐罐，于是我到后沟烧窑的人家去买，这个烧窑的老乡对我说："你不用买，我这里有很多瓦盆瓦罐稍微有一点缺口，照样可用，你尽管去挑选，要多少有多少，你不用给钱。"桥儿沟的老乡对于"鲁艺同志"总是特别亲热，我就挑了几件大盆小罐回来。张悟真又对我"下命令"，她说："你不用得意，工作还没有做完呢！炉灶里烧什么？你以为凭一点点枯草就可以烧汤烧水吗？半山上的厨房旁边有一大堆煤渣，你去拣些煤核回来，煤核的火力耐久。"

我到力群家去借竹篮，力群对我说："拣煤核这玩意儿不太好看，大白天你莫去，最好是清早或者傍晚的时候，你再不声不响地拣些回来。”

力群的确是经验之谈，在旧社会只有穷人才肯干这个。在延安，因为自己起火去捡煤核，即使同志们看见也无伤大雅，只是在学生面前做个“捡煤核的老师”未免有些难为情。因此，我总是在人清早同学们尚未起床的时候才提着竹篮子去做这些弯腰驼背的事情。张悟真笑我：“你现在尝着了味道吧，谁教你做父亲，当父亲就应该做别人不肯做的事情！”然而，我在孩子诞生之前所做的准备工作虽然辛苦，可是并没有很大很大的困难需要克服。真正的困难是在孩子诞生之后，我的艰苦奋斗（私生活的艰苦奋斗）可以说是到了极点！

夏蕾抱着婴儿回到东山我的窑洞里不到三天，奶水就越来越少了，晴子吃不饱，老是啼哭。我慌了手脚，延安没有牛奶，也没有奶粉，这怎么办呢？张悟真叫我赶快杀鸡，鸡汤可以发奶。我记得第一次杀鸡的确很难下手，不敢用力，杀后的鸡一边流血一边在地下动弹， 后来一切事情还是张悟真替我完成的。

夏蕾真的不吃鸡，连鸡汤也喝得很少，我说：“你不要慈悲心肠呀，为了救孩子，你不喝也得喝！”可是，奶水仍然没有，晴子仍然饿得啼哭！

事有凑巧，力群的夫人刘平杜生孩子不过两个多月，奶水多得吃不完，直往外流。她自动地来给晴子喂奶，这当然是天大的好事。可是，晴子很怪，不满月就认生，她吃奶时老是对着刘平杜的脸看，一发现不是自己的母亲，就马上丢下奶头再也不肯吃了。没有办法，夏蕾只好用自己的围裙把刘平杜的头蒙住，又将自己的头搁在刘平杜的肩上，故意给孩子看。可是，不管用什么办法，晴子坚持不吃别人的奶，这简直把我逼得无路可走。张悟真叹口气对我说：“我们湖南穷人的孩子都是喂大米糊糊长大的，你赶快去搞些大米回来吧，我教你碾大米粉，要碾得细。”

延安到底是个天堂，好吃的要啥没啥，可是我缺啥有啥！周扬的夫人苏灵扬常常来看望夏蕾，她说：“不用愁，我可以搞些大米马上给你送来！”

我到力群家里借了擀面杖，不用别人教我，我自己会擀，而且我把大米粉碾得特别细，用开水一冲，就好像糨糊一样。晴子这孩子也怪，大米糊糊倒肯吃，我看着她一口一口地吞下去，心想，这一下可得救了！回想起来，晴子的确是靠大米糊糊喂大的。这孩子不但面貌像我，连性格也和我一样，有一副倔脾气，宁肯饿，也不吃别人的奶！

冼星海的夫人钱韵玲也常常来看夏蕾，她看见夏蕾脸色不好，马上向我建议：“夏蕾坐月子应该补补呀！延安老百姓坐月子都要喝羊骨汤，把羊骨头断成一小段一小段地煮汤喝，比鸡汤还好。街上羊骨头很便宜，你可以经常去买。”张悟真也同意，于是我又多了一样劳动，经常下山上山不说，还要在木板上砍骨头，加上拣煤核、烧火熬汤、喂孩子、招呼夏蕾，每天从早到晚，手脚不停。王曼硕很体贴人，他对我说，你如果没有时间备课，我替你上课。我婉言谢绝了。我也很倔，不管怎样忙，我要保证“三不误”，不误学习，不误劳动，更要不误上课和给同学们改卷子（我教的是“例作实习”），我的确做到了。

然而，在延安，和艰苦作斗争是无边无际的，克服了一样又来了一样。有一天半夜里，我刚刚合上眼，只听见窑洞外面鸡叫得很惨，我起身拿了一根木棍冲出去，已经迟了，月光下鸡窝里空洞洞的，什么也没有了，四只母鸡全被野兽咬死了抛在山坡上。有人说狐狸只喝血，不吃肉，有人说延安没有狐狸，只有狼。张悟真埋怨我：“就是你自作聪明，不先去看看别人堵鸡窝的石头有多大，却用一块轻轻的石板！……”夏蕾说：“不用说他了，他也够辛苦了！反正我不吃鸡，只是太可惜！……”我自己也知道自己做事处处都不内行，的确容易出岔子，可是我仍然挺直腰杆：“这些事我不干谁干！”

我还记得晴子这小家伙半夜往往不睡觉，爱哭。为了减少夏蕾的劳累，我常常半夜起来抱着孩子哄孩子睡觉，延安没有摇篮，我就用两只胳膊当摇篮，一边在窑洞里转来转去，一边口里还哼哼唧唧地唱歌。20 世纪 30 年代在上海我喜欢看有男性歌声的电影，我特别喜欢那《古巴情歌》中的《卖花生米》和意大利民歌中的《我的太阳》，我在哄孩子睡觉时口里哼的催眠歌就是仿照《我的太阳》的曲调自己编造的四句：“晴子……不要闹，晴子……要睡觉，晴子……不哭了，晴子……睡着了！”我反反复复唱的就只有这四句。

我的窑洞在左右墙脚下有两个小小的半圆形的孔道通往王曼硕和胡蛮的窑洞，大概是用来通风的。孔道里塞满了碎土和石块，所以大声喊叫，隔壁的窑洞也还可以听得见一点响声。有一天早晨我在窑洞外面盛小鬼挑来的小米稀饭时，碰见了王曼硕和胡蛮也都在外面吃稀饭，曼硕笑嘻嘻地对我说：“你真辛苦呀，半夜还在唱歌哄孩子，想不到你还会唱歌，唱得蛮好听的！”胡蛮也跟着说：“你唱的歌很动听，好像唱赞美诗！”我连忙向他们道歉：“我和孩子吵得你们不能安睡吧？”曼硕说：“你不要介意，我照样睡得好。”胡蛮说：“我睡得更好，你的歌声很催眠！”我低下头，心里在想，大概唱得特别起劲，因为唱的不是别的歌，而是一支生命的凯歌！

同志之间

延安啊延安，你从艰苦中找得乐观，你从劳动中夺取幸福，你从战斗中获得安乐与发展！延安啊延安，我不能用别的名称叫你，我只能称呼你是个『赤脚天堂』！

在延安，人们相互之间称呼得最亲热的莫过于“同志”这个名称了。它标志着党员与党员之间的志同道合，同时，它又标志着人与人之间的情投意合。同志关系超过了人间一切最亲切、最美好的关系，只要叫声“同志”，即使是第一次见面的陌生人，也不免伸出手来握住对方的手，仿佛是相处多年的老友以笑脸相待了。同是天涯沦落人，相逢何必曾相识。啊！延安，你就是收容我们这些天涯沦落人并且将我们改造为坚强战士的天堂！

感情这东西，本是天长地久的岁月积累的产物，它又是经受得天长地久的时间考验而不会改变的一块化石。我写这部延安回忆录，是在感情冲动下奋笔疾书的，我的回忆录无疑是感情积累的结晶。

我记得，初到延安时是20世纪30年代，老友华君武和丁里两个漫画家给我抬行李，他们大概看我西服、皮靴、衣箱和口袋不顺眼，一个说我是搬家搬到了延安，一个说我是延安的贵族。其实，我这个贵族也不过比他们多一身西服和两床棉被罢了。

我记得，我一到鲁艺也是先找熟人，我找的是曾经在白色恐怖下认识的音乐家吕骥和戏曲家张庚，见是见面了，可是谈话不多，显然是我的打扮与他们的军衣布鞋很不协调。相反，倒是从来没有见面的沙可夫（鲁艺副院长）和徐以新（党委书记）对我很热情，谈了不少关于上海和香港的事情。而且徐以新几乎天天来我的窑洞看我，对我和夏蕾的关照非常殷切。

从北门外搬到桥儿沟之前，我生了一场大病，等一个多月病愈后，我的家已经搬到桥儿沟东山了，我的身体和服装也早就和大家一样了。这是我一个新生的过程，从不协调到完全协调的过程。

我在延安桥儿沟东山上住了7年，也和东山上许多同志朝夕相处了7年。直到今天我仍然依稀记得东山上二十多个窑洞以及窑洞主人们的姓名和音容笑貌。这二十多个窑洞前列住的是音乐系的教员冼星海、李焕之、向隅、唐荣枚、贺绿汀等。文学系教员住在东山中段，沙汀、何其芳、陈荒煤、严文井、舒群就住在这一段中间，美术系教员住在末尾，而我又住在窑洞倒数第四个，所以，我每天下山上山，都要从这二十来个窑洞门前经过。这些窑洞除了少数几个是窑门深掩以外，多数窑洞是洞门大开。有些同志喜欢靠近窑门看书或工作，有些同志索性坐在窑洞门外的路旁，尽管天天见面，一看见我下山总要和我点头、微笑，或者说几句家常话："你好勤快呀，天天下山上山，不累吗？"冼星海、贺绿汀、陈荒煤、严文井……这些同志和我是一见就熟，一熟就喜欢说说笑笑，东山教员真好像是一家兄弟。我记得美术系教员都是我的近邻，王曼硕、胡蛮的窑洞和我的窑洞又是连在一起的，他们两位又都是我入党的介绍人，每天见面的时间较多，一见面多少总有几句话要说，久而久之，也就习以为常了。

我深深记得，王曼硕常常夸我勤快，因为他自己也是个不断下山上山的人物。有一天，他到我窑洞里串门，并且问我："你来延安有半年多了，你愿不愿意入党？"我很糊涂，没有看出他的来意，就随随便便地说："我哪里够格呀，我差得远哩！"曼硕听后马上离开了。大约又过了半年，曼硕又跑来问我："你对入党不感兴趣吗？"我仍然说："不是不感兴趣，是不够格呀！"曼硕板着面孔说："你真是，党来问你，就是认为你够入党的资格呀！"我大吃一惊："是吗？……是吗？……我当然愿意呀！"于是，曼硕要我写个自传交给他，我很快就写好了一个简单的自传交给曼硕，不久就获批准了。我记得我是在东山支部书记姚时晓（戏剧系教员全住在山下，只有他一人住在山上）的陪同下在东山的一个小窑洞里，面对着有斧头

延安伴侣（从左至右）
前排：王式廓　马　达　胡　考　华君武　胡　蛮
后排：蔡若虹　王曼硕　力　群　江　丰

镰刀标志的红旗，含着满眶热泪进行入党宣誓的。介绍人就是王曼硕和胡蛮，这个日子是1940年8月30日。姚时晓告诉我：“你是秘密党员，入党后不要告诉别人！”我问为什么，他说：“组织上可能调你到大后方去工作。”可是不到一年，这个秘密党员的称号就取消了。

王曼硕来延安以前，是北平艺术专科学校的教授，曾经是日本名画家藤岛武二的学生，他是山东人，有山东硬汉不轻易言笑的特点。我非常钦佩他的敬业精神，他十分看重美术系学生的思想教育和技术学习，成天和同学们在一起。他讲话不多，擅长以自己的行动向学生示范，就是他，1941年带领学生自己动手在西山建了一间宽敞的门窗俱全的画室，又带领学生到很远的山上砍树枝回来制作了二十多个画架。他还为一个英俊的红小鬼用黄土塑造了一座真人大小的胸像，作为同学们进行慢写、速写练习的对象。我曾问曼硕：“你的木工和泥水工是否请教了老师傅？”他说：“什么老师傅，实践就是老师傅！”这句话深入我心，我认为王曼硕的性格集中了延安同志们那种专门以创造性劳动向艰苦的客观环境宣战的精神品质，他的形象在我回忆中特别高大！

与曼硕大不相同的是刚从苏联回国，与我同一天到达延安的胡蛮，他是河南人，原名王钧初，是20世纪30年代北平左翼美术家联盟的一员。他到苏联去学习是得益于鲁迅先生的推荐。可是，他为人很不活跃，成天关在我隔壁的窑洞里看书，不大肯与别人往来。但是，他却例外地与我接近，把他从苏联带回来的许多画片借给我看，有说有笑地对我讲那些苏联画家的故事。也和平常人一样，为了戒烟，他曾经把他喜爱的烟斗赌气地抛到山下去，后来烟瘾发作，又跑到山下去寻找了半天也没有找到，于是他又用木刻刀将一个树根雕成烟斗抽烟，这一行为在东山上传为笑话。据我看，胡蛮是个比较老实的读书人，他十分善良、朴实但又多疑，不容易被人理解，他攻读艺术理论却一事无成与他那软弱的个性有关。

和我往来较多的木刻家力群来延安比我晚，一住到东山就喜欢和我接近，我也喜欢他这个直来直往的山西人。他的特点是直爽，说话痛快，无所不谈。有时，他敢在大众面前讲话时夹带些不干净的俗语，所以别人说他容易“走火”。这个木刻家好在没有教员的架子，经常带个小板凳儿到山下去听文学系教员讲课，回来后总要对我说说，周立波讲世界名著是如何如何的有味和有见解。力群爱好文学，他读过不少文学名著，这一点与我近似，所以谈话时很投机。在东山上，他的木刻创作较多，作品中的《饮》特别令我倾倒，他善于观察陕北农民的生活习俗，能从一个日常动作中体现出“美”来，并做到画中有诗。桥儿沟的天主教堂，本来并没有什么好看的，可是经过力群的构思，加上墙外的几棵树和小桥，一个普通的建筑就变为诗意葱茏的乡村美景了。文学与美术的联姻，往往增加了画面上的光彩与情趣。在这一点上，我国过去的文人画创造了这一先例，是应当继承的优良传统。

东山上有个不大开口、喜欢动手的怪人木刻家马达。他手里离不开一把铁锨和几柄木刻刀，动铁锨的时候多，动木刻刀的时候少。他往往独坐沉思，我估计他胸中自有一番天地。鲁艺美术系的同志往往喜欢到东山上的“马达公园”坐坐，其实，这个“公园”不过是马达把他窑洞门外两旁的山坡开辟成的台阶形的“土沙发”而已。此外，马达还铲了很多黄土把自己的床铺、桌子、凳子一一封住，调泥和水，把这些可以移动的东西变为不能移动的物体。这些出人意料的创造，也成为众人参观的对象。无论别人问这问那，马达总是点点头，摆摆头，不轻易开口。于是，“无声的马达”就此叫开了。马达真怪，他从来不肯串门，却常常闯到我的窑洞里来。因为我摸清了马达的脾气，只问他两三句话就仍然做自己的事情。在寂静的窑洞里，两个人默默地对坐着，只听见马达嘴上的烟斗在嘶嘶地低鸣。这情调我一闭眼睛就能细细地回味出来。

王式廓这个画家是个山东大汉，他和我们大家都不大来往，深居简出，成天关在窑洞里看书。他也曾在日本留过学，对美术教学很内行。有个时期，我们东山教员也进行人物写生，模特儿就是陕北老乡，不脱衣服，而且姿势就是老乡日常的动作。这一活动王式廓每次都参加，他的习作的确比我们任何人都要出色。他观察敏锐，善于捕捉形象的特点，善于区分这一视角与那一视角、这一侧面与那一侧面、这一细节与那一细节的不同特色，因而能够达到形神兼备的境界。王曼硕曾经告诉我：“式廓刚来延安时是一个能够拿起十字镐开辟窑洞的棒小伙子，结婚后就渐渐变成弱不禁风了！”看来，他对式廓是有些不满的。

江丰和钟敬之都住在西山，可是和我经常来往，这也许是因为20世纪30年代我们都在上海多年，所以一见面谈话就很熟悉。我到东山不久，江丰就问我近来有没有写诗，可不可以给他看看。我把怀念母亲的一首长诗给他看，江丰说：“我拿去发表。”就走了。过了很久，我才知道这首诗是发表在胡风主编的《七月》上（我不认识胡风）。建国后江丰仍与我关系密切。

钟敬之是鲁艺美术工厂的厂长，他又是建筑师，杨家岭的中央礼堂就是他设计的。他为人和蔼可亲，我现在还记得他对我讲的绍兴笑话，建国后也曾和我多次见面。

张悟真是东山上对我帮助最多的女同志，她有一种比男性还要坚强、还要豪迈的性格，她有一部惊人的奋斗史。她靠在南洋教书积累的一点学费到法国去求学，邮船在大海中失火，她跳进大海，伸出双手抓住一个救人的小艇的边缘，小艇上的人不让她上来，用脚踩她的手，她晕了很久，醒来时躺在一个小国的沙滩上。她在巴黎学的是美术，后来《救国时报》缺少中文的排字工人，她又弃学当了排字女工。她对我讲的许多故事，对我和夏蕾都大有裨益。

木刻家沃渣和陈铁耕都是20世纪30年代的老革命。沃渣住在山下，他很少上山。铁耕住在我隔壁，他有病在身，不久就离开东山了。

我记得张仃和胡考也在东山上住了一个短时期。张仃一家三口就住在胡蛮住过的窑洞里（我完全忘了胡蛮和王曼硕搬到哪里去了），他的夫人陈布文、女儿乔乔和夏蕾来往很密切。胡考在东山作画不多，却忙于写小说，有些同志称胡考为“考夫子”，因为他有副夫子形象。

莫朴很晚才从新四军转到延安鲁艺，就住在王曼硕住过的窑洞里。他的夫人孙铮在戏剧系学习，也是鲁艺秧歌剧的一位名演员。

老木刻家胡一川和罗工柳从前方回到鲁艺美术系，大约是1943年前后，他们都住在西山，他们在前方（晋察冀边区）做美术普及工作，成绩优异。我到西山去看过他们的新年画木刻作品展览，给我印象最深的是把八路军战士当作“门神”，填上红红绿绿颜色的新年画，内容深刻，形象生动，可惜现在看不到这些作品了。胡一川是我20世纪30年代上海的老伙伴，和我在武定路的一间亭子间里一同住了一个多月。那时候胡一川是个男高音，又会拉小提琴，他用低音唱的《国际歌》和高音唱的《梭罗河》曾经令我心醉。他当时的木刻作品《我要活》我现在仍然记得。后来他在法租界被捕，他的未婚妻夏朋病死在监牢里，这都是张谔告诉我的。我们这些在白色恐怖下过着流浪生活的天涯沦落人都在20世纪40年代的延安

1940年在延安鲁艺

左起：陈布文　王式廓　华君武　马达　蔡若虹　力群　许珂　吴咸（前排坐者）

再次相逢，时间老人的确是功德无量！

我记得，美术系研究员人数更多，一部分住在山下平房里，这里有彦涵、王朝闻、杨角、张晓非、黄山定、杜芬等等。彦涵是个多产的木刻家，王朝闻是雕塑家，杨角、晓非大妇是画家，都和我有过“看作品”与为创作服务方面的密切关系。一部分住在西山上，这里有华君武、古元、陈叔亮、焦心河、张望、叶洛、安林等等。古元也是个多产的木刻新秀，陈叔亮是个国画家，张望、焦心河也是木刻家，只有华君武一个人是漫画家，他的漫画在鲁艺墙报上经常出现，加上他会拉京胡，在鲁艺很活跃。我和华君武有一段成天泡在一起的关系，那是我当美术系主任之后，我和他共同编辑了三四套鲁艺木刻选集，完全是手工业的产品，我裁马兰草纸做衬页、做封套，华君武在衬页上写作品标题，写作者姓名，还要在封套上写“《延安木刻选集》第 × 集”等字样，他的簪花小楷写得很秀气。当一套木刻作品完全就绪时，我们总要偏着头东看西看，自我欣赏的乐趣只有自己知道。在被封锁的延安，我们的手工业产品曾经送给来延安访问的国际友人，20 世纪 40 年代的延安木刻就这样不胫而走地走向全世界。封锁封锁，无论如何严密的封锁，也锁不住顽强的、无私无畏的延安精神！

我记得，从前方回到鲁艺最晚的木刻家是华山，他当时只有十七八岁，身材矮小得像一个十四五岁的儿童，他一脸孩子气，不大说话。西山有人关照我说华山嫌延安生活不如前方，吃饭没有饭碗、筷子，发的棉衣太不合身，所以这些事都要我替华山办好。我记得我牵着华山的手一同到山下窑洞的仓库里去挑合身的棉衣，挑来挑去，都嫌太长太大，我只好从中挑了一套比较小的给华山穿上，这个华山自己不动手，也不开口，穿衣、脱衣、卷袖子、卷裤腿，

王式廓在给鲁艺美术系同学上课

连系裤带也是我代办，他完全听我摆布。我从儿时到青年，一贯是老大哥们照顾下的小弟弟，现在却变成个小弟弟的老大哥了。谁知道，过了几年之后，华山飞速地成长，张家口时期，他变成了名记者和作家，他写的小说《鸡毛信》我非常欣赏。延安这个特殊环境，也专门培养出人的特殊的性格和特殊的才能！

回忆像梅雨天气的雨丝。我在东山的故事还有关于与文学系、音乐系同志的往来没有讲，简短地说一点吧。我爱好文学，和文学系许多同志又住得近，沙汀、何其芳、陈荒煤、严文井、舒群等等都是一见面就熟，一熟就一起说说笑笑，好像是多年老友，我与他们有不同方式的接触与娱乐。

我和荒煤是打乒乓球的老搭档，东山一个较大的窑洞里放着球桌、球拍，但是只有我和荒煤两个常来，论战斗力是我能够持久，论球艺是荒煤比较高明，他往往对我接连的重扣进行有力的回击，因此他洋洋得意，一边打球一边说笑，他叫我“九头鸟”，我叫他“湖北佬”，两个人完全像小学生一样。延安这块自由天地的确能使人返老还童。

何其芳有两重性格，写诗、写文章时像个老夫子，游戏时又是个天真烂漫的儿童。我和其芳、文井、舒群的接近是由于玩扑克牌。延安没有扑克，我们打的纸牌是华君武把我的名片（昆明的朋友送我的）反过来一张一张地画出来的。君武常到东山来和我一起到其芳的窑洞里消磨长夜，约舒群和文井一同打牌。其芳、君武和我老是输，其芳一输就发急，从别人手里抢牌，惹得大家都笑。舒群和文井两个“门槛精”老是赢，舒群赢了就故意气我和君武，用嘲笑的口气说：“蹩脚！就是蹩脚！”有一次，君武被嘲笑得生了气，他拿起纸牌冲出窑外把纸牌抛到山坡上，从此以后我们就再也不玩纸牌了。

我认识周立波，是在东山教员开欢迎晚会欢迎茅盾先生来访时。周扬和茅盾讲话之后，男低音杜矢甲开始唱歌，唱的是旧俄时代的《跳蚤之歌》，这支歌充满了讽刺意味，我认为在欢迎晚会上唱很不合适，周立波听了怒气冲冲地将桌上盛红枣的盘子向杜矢甲打去，这种粗暴的举动我也认为很不应该，这个欢迎晚会结果是不欢而散，周扬把立波拉了出去，从此立波给我的印象非常不佳。谁知道过了很久，立波竟搬到胡蛮住过的窑洞里来了，和我是近邻，每天打饭时见面。有一天早晨，我和立波都坐在“土沙发”上边喝稀饭边谈天，不知为什么谈起孙夫人宋庆龄，我说：“真了不起，她敢和蒋介石对抗，我真佩服！”周立波马上说：“这有什么了不起，毛主席才是真正了不起，你佩服错了！”我一听这口气就火了，厉声地说：“你有什么权力干涉我个人的爱好？”立波说：“哪里是干涉？我是向你提个

王朝闻创作的雕塑作品

建议！”我声色俱厉地说：“鬼才听你这个建议！”窑洞里夏蕾听见我们吵架，连忙出来把我拉回去了。谁知道第二天、第三天，立波完全变了，故意温和地找我说话，我也只好改变态度，对他宽大为怀。我们南方有句俗话“不打不相识”，从此我和立波就以礼相待了。

我和音乐系的冼星海有缘，在北门外时就得到他不少的关照，搬到东山后，星海夫妇又与我和夏蕾经常往来。我记得，冼星海曾经教东山几个喜欢音乐的同志唱一首广东民谣叫做《鬼叫你穷》，用广东土话唱起来非常悲壮，我到现在仍然记得这首歌词。

是1944年的冬天吧，有一天冼星海换了一套旧西服大衣来和我告别，他用低沉的声音对我说：“我要到苏联去了……再见！”我们紧握着的手终于分开了，我目送着他悄然远去，他那赤脚草鞋，把柳条儿当作指挥棒的雄姿却老在我眼前晃动！

在延安的同志之间，只有暂时的分手，没有永久的离别，然而星海向我告别，却是一次真正的永久的别离！

我以上的这些回忆，从高处看，不过是延安这个大海中几点跳跃的浪花罢了！然而仔细回味，却有甜酸苦辣应有尽有的人生滋味在内。延安啊延安，你从艰苦中找得乐观，你从劳动中夺取幸福，你从战斗中获得安乐与发展！延安啊延安，我不能用别的名称叫你，我只能称呼你是个“赤脚天堂”！

三个红小鬼

我们最怕的是眼睁睁地看见别人比我们更苦！我们现在都吃饱了肚子，啃干粮也啃惯了，可是，当我们在路旁啃干粮的时候，却有一群流浪儿围着看我们，一边看一边咽口水！

“唉！这些小鬼都是在苦水里泡大的。红军收留这些小鬼也是出于不得已，这些娃娃都有一段听了叫人伤心的来历！……”这是鲁艺总务科科长老红军黄霖对我谈红小鬼的开场白。

黄霖是四川人，四十来岁，圆圆的脸上有时也戴一副圆圆的眼镜，他与总务科的老方、老薛不同的是，有较高的文化知识水平，能读书看报，能写会算，能说会道。他除了总管一切之外，还兼负责五六个红小鬼的教育工作。他健谈，满口的又是土话又是文言又是革命词句的四川腔，听起来十分有味，更何况他的谈话中总带有些难得听到的警句，令我非常感动。

学校总务科的工作很繁忙，主管全校师生几百人的伙食、衣服和桌子、板凳、床铺之类的供应。我自从当了系主任以后，教书的时间不多，杂七杂八的事情不少。前方后方同志们的来来往往，离不开衣、食、住三件大事，所以我不免要经常下山和总务科几个老红军打交道，我喜欢他们的工作作风，说话斩钉截铁，不绕弯子，不敷衍了事，一句就是一句。我觉得和这些老红军交涉很痛快，一回生，二回熟，三回四回就无话不谈了。

这一天上午，刚刚吃完早饭，突然看见黄霖闯进我的窑洞里来，我连忙站起来对他说：“今天是什么风呀，把你吹到东山上来了？”黄霖也笑着说：“我无事不登三宝殿，我是为了解东山上三个小鬼的工作表现而来的。”我连忙让座，他也不客气，一坐下就把话匣子打开了。

“你们东山上原先只有两个小鬼——杨虎道和马来，他们忙不过来，又给你们添了个石头，这些娃娃工作对路不对路，你对我直说。”我说：“我的了解也不多，他们工作我看不出有什么毛病，他们工作完毕就马上挑着水桶下山了，在山上待的时间不长。据我看来，三个小鬼中杨虎道最调皮，马来最老实，最能干、最稳重的是石头，他不像小鬼，他像个懂事的大人，王曼硕和我都喜欢这个小大人！”黄霖说：“你的看法和我的看法差不多，石头这娃娃人人叫好，他在山下时，戏剧系的张庚说石头长得俊，如果有文化，将来是个好人才。音乐系的吕骥说，石头当小鬼太可惜，应该当兵。我说你别看石头个子大，才十三哩，十三岁怎么能当兵？你说石头像个小大人，你还不晓得石头十一二岁就做雇工，就养活爷爷哩！”我对黄霖说：“如果你今天有空，就把三个小鬼的来历讲给我听听。”黄霖四面看看，说：“好吧，如果你喜欢听，我先说石头的来历。”他把凳子移移，靠得我近些以后才把话接上头，他说：“蔡同志，你是读书人，你总晓得红军在贵州这个穷地方打过一次胜仗吧。这是个特大的胜仗，我们第二次夺取了遵义，我们在遵义乡下休息了整整两天。这个地方尽是穷山恶水，人烟稀少，鸡犬无声，我们这一小中队都在休息，有人说这个地方用石板盖房子，大概石头多吧。的确，连我们坐的地上也铺着石板。大家正想瞌睡一番，忽听得一片吵闹的声音自远而近，抬头一看，只见一老一小拉拉扯扯地往我们这边走。老的说：‘你走你走，你跟红军老总走我才放心。’小的说：‘我走了你还活不活，你靠哪个活！’小的不肯走，老的拉着小的走，这样吵吵闹闹地一直走到我们面前来。原来老汉只有一只眼睛，他偏着头对我们看了又看，扑通一声跪在地上对我们直叩头，他一边叩头一边说：‘红军老总，你们是保佑穷人的活菩萨，活菩萨，你们收下我的娃儿吧！收下吧！’小的很懂事，他说：‘红军老总，这是我老爹（爷爷），他靠我养活他，我走了他就活不了！’老汉跪着说：‘老总莫听他的，我能活，能活！’小的说：‘你能活，你没有吃的！’老的说：‘我的日子短，你的日子长，我不能连累你，你跟红军老总走我放心！’这样你一句我一句把我们都听呆了。大热天，老汉穿的衣服破得千疮百孔，娃儿打赤膊，瘦得皮包骨头，看看他们的样子，听听他们的声音，蔡同志，你说叫人难受不难受。我和战友们商量到底收不收。有个战友说，应该收，把我们背袋里的干粮分一些给老汉，让他能活下去。我以为这是暂时的办法，但也只好这么办。大家都匀了一些干粮出来包在一块毛巾里，塞在老汉的手里，说：‘你回去吧，我们把你的娃儿收下了，你放心吧！’老汉又叩头，一千个一万个‘多谢多谢’地慢慢走了。娃儿对老汉喊，干粮不要弄丢了呀，老汉一声不响地走了。老汉一走，我们这里就开了锅，有的问娃娃的姓名，娃娃说：‘我没有姓，别人都叫我石头。’有人问：‘你父母呢？’石头说：‘早死了！’有人问：‘你怎么养活爷爷呢？’石头鼓起眼睛说：‘打零工呗，老财心毒，说我人小，工钱特别少。’大家一听都不作声了。这个石头不肯坐下，两只眼睛老看着爷爷去的地方，一动也不动。我们一休息就打瞌睡，等到我们睁开眼睛一看，石头不见了。大家议论纷纷，我说，不要紧，他会回来的。一顿饭工夫，果然看见石头满脸泪痕跑了回来，他一边喘气一边告诉我们：‘老爹吊死了……他是在牲口草棚里上吊的，我回去他早已断气，怀里还揣着这包粮食。我本想把老爹埋了再回来，又恐怕老总都走了。好，我一生一世再也不回到这个鬼地方来。’石头开始和我们坐在一起，他嘴里不断嘀咕：‘有哪个肯替他收尸！有哪个肯替他……收尸！收尸！’”

黄霖说到这里，叹了一口长气：“穷人都是硬骨头，命越苦骨头越硬，石头这娃娃真像硬邦邦的石头，他一来就闲不下来，总要找个活儿动手动脚，人小力气大，做事有头有尾。战士们没有一个不喜欢石头。有的叫他‘我们的石头’，有的叫他‘不声不响的石头’，有的叫他‘铁打的石头’。石头什么事都抢着干，他就是没有枪，如果有枪，他一定不怕死！”

在黄霖的赞美声中，我默想着石头的模样：脸型有棱有角，长得十分英俊，身材偏高，抵得个十五六岁的青年。特别是一举一动，那种昂首挺胸、目不旁视的姿态，显示出一股“帅劲”。难怪王曼硕要石头脱下军衣露出胸膛做模特儿，他给石头塑造了一个真人大小的半身胸像。曼硕的手艺也很高明，的确把石头的“帅劲”塑造出来了。石头是个瘌痢头，头皮上有的长头发有的不长头发，发亮。这是旧社会遗留在穷孩子头皮上的烙印，说明石头是在苦难中长大的。当然，黄土塑造的光头，看不出这个苦难的标记。我对曼硕说：“你这个塑像很有英雄气概！如果石头当兵，将来可能是个将军！”

接着，黄霖又谈起杨虎道这个最调皮的小鬼的来历。“杨虎道这娃娃是个机灵鬼，他的来历很平常。我记不清是在什么地方，只记得是一个讲山西话的地方。我们在路旁打尖时有个战士说：‘怎么我的茶缸不见了？’旁边站着个身材矮小的娃娃，马上举起手里的茶缸说：‘我想替老总洗洗哩。’战士绷着脸说：‘谁要你洗茶缸？’那个娃娃正转身要走开，一个蓬头散发的婆娘匆匆忙忙地走来，一把拉着娃娃的手说：‘你在红军老总这里呀，我找你找得好苦哩！’她把娃娃拉到我们面前说：‘好老总，你们是穷人的救星！救救我的娃娃吧，我养不活他，你们看，瘦得猴头猴脑的，吃不饱呀！求求老总收留他，让他吃口饱饭，求求老总！’战士说：‘我们是打仗的，用不着娃娃。’那个婆娘说：‘不打仗可以打杂呀，这娃娃灵得很，能替老总打杂，求求老总！’那个丢茶缸的战士说：‘走开走开，咱们不要娃娃！’那个机灵鬼在旁边冷冷地说：‘你不要，我也不走，你们走到哪里我跟到哪里！’好家伙，这娃娃有张铁嘴，说得到做得到，他真的跟着我们走，饿着肚皮跟了两天一夜，没有办法，我只好把他收留了下来，这就是杨虎道，能说会道的杨虎道。”

“我们收留了一个多月，才晓得这娃娃不简单，喜欢骂人，骂的都是下流话，手脚也不干净，喜欢偷偷摸摸，战士们想揍又不敢揍，尽为他生气。这是旧社会留给穷娃娃的遗毒，只好时时刻刻对他进行说服教育。杨虎道看见我们对他好，就渐渐变成一个听话的好娃娃了。来鲁艺以后，杨虎道最爱看京剧晚会，看到《坐楼杀惜》的时候高声喊叫‘这个婆娘该杀’的就是杨虎道，他看戏总要坐在前排，有时故意挤到毛主席身边，他说，和救星坐在一起可光荣哩！你看，这个小鬼鬼不鬼！”

我笑了，想起杨虎道我就好笑！他比石头矮一个头，军衣穿在他身上总不合身，总是太大太长，如果他不卷起袖子，垂在手外有半尺多长，走起路来一甩一甩的像跳舞。他人小喉咙大，一担饭桶挑上山，一路高声喊叫：“打饭啰！……打饭啰！”人还没有走到窑洞前面，总是声音先到，的确像花果山水帘洞里的小家伙！

黄霖最后讲的是老实巴交的马来。

大概讲穷孩子的故事讲多了容易动感情，黄霖一提起马来总是长叹一声，把凳子移得和我更加靠近。他说：“唉！蔡同志，你也曾受过苦吧，有苦命才有革命呀！你可晓得，我们红军的‘两万五’是个穷苦世界的旅行，到处是穷山恶水，到处是草棚茅屋，一路走路都有穷人给我们上课，鼓劲，加油！你晓得他们给红军加的是什么油吗？是痛苦，是难受，是怒气冲天！老实说，我们红军打仗是带着一肚皮的怒火打的，所以越打越起劲！我们的武器装备比白军差得远，可是我们的精神装备又比白军强一千倍一万倍。蔡同志，你可晓得打仗是全靠精神硬朗，就和你们写文章画画也要有精神一样！”

我连忙说："我了解我了解，我完全同意你说的一切。……我问你，马来是不是也和石头一样苦？"

黄霖又叹口气："不一样啊，不一样啊！穷人的苦命有各种各样……马来是个无依无靠的流浪儿！……蔡同志，你可晓得我们这些吃过苦受过罪的红军最怕的是什么？我们最怕的是眼睁睁地看见别人比我们更苦！我们现在都吃饱了肚子，啃干粮也啃惯了，可是，当我们在路旁啃干粮的时候，却有一群流浪儿围着看我们，一边看一边咽口水！蔡同志，你说这令人难受不难受！这些娃娃大的七八上十岁，小的不过四五岁！有的尽是光屁股，有的衣服破烂得千疮百孔！你说这叫我们这些啃干粮的心里难受不难受！分一点给这些娃娃吧，不够分！我们连自己也只能吃个半饱，今后的日子怎么办！！！"

我问："马来就在这些孩子里面吗？"

他说："不是，那是另外一次。我们正在打尖时有个战士看见一个穷孩子把别人丢下的烂枣子从地上捡起来塞在嘴里，两只眼睛盯在地面上找。战士说：'吐出来，这个吃不得！'那个娃娃两只眼睛血红，结结巴巴地说：'我饿我饿……我好几天没有吃东西！'战士解开背带，抓了一把干粮给这个娃娃，可怜呀，这娃娃三口两口马上吃完了，沙着嗓子对我们大家说，多谢老总，多谢多谢！我看这娃娃衣装虽破，可是五官端正，动作也不流气，问他几岁，娃娃摇头。问他有父母没有，娃娃又摇头。问他叫什么名字，娃娃先摇头后来又说：'别人都叫我小马。'战士们都说：'这孩子怎么活得下去呀，我们就收留了吧！'我同意，就把这娃娃拉着和我们一起走，取了个名字叫马来。"

"马来到了部队以后，很听话，叫他干什么他就干什么，规规矩矩。识字也用功，不久就把一千字全学会了。这个马来也有一个毛病，从来没有一个笑脸，好像他有生以来没有笑过。蔡同志，你看见过他笑吗？”我说的确没有见过。“马来自从到鲁艺以后，工作尽管比不上石头，却从来没有犯过错误，就是和杨虎道的关系搞不好，常常受杨虎道的欺负。有一次，我听见马来大声地啼哭，问清了原因，我生了气，大声地对马来喊叫：‘这值得哭吗？他骂你傻蛋你就骂他混蛋！他打你你就打他。’马来哭丧着脸说：‘我不会打架。’我说：‘你不会打你就用手乱抓，抓得他皮破血流！不能老像一个受气包！’马来到底是个老实娃娃，他有一次果然把杨虎道的脸抓破了。我当着这两个小鬼的面说：‘抓得好！抓得好！你不抓他，我还要罚他不准看晚会，不准坐前排哩！’从此以后，杨虎道再也不敢霸道了，马来再也不当受气包了！”

黄霖气呼呼地站起身来，拍拍衣服说：“我该走了，时间不早了，我改日再来看你！”他刚刚走出窑门，又回转身来对我说：“这个世界哪有穷人活命的地方呀！除了自己起来斗呀斗个不停，这个世界哪里能够改变样子呀！”他一边走一边拍打着身上的衣服，仿佛有什么脏东西沾在他身上似的。他走了，他的一席宏论却在我心里久久不散！

有两套基本功

要想在造型艺术创作实践中取得自己满意的成果，一个绝对不能缺少的条件，是必须具有两套基本功。一套是思想锻炼的基本功，一套是技术锻炼的基本功。

（一）

用20世纪90年代的眼光回顾20世纪40年代的生活和事业，多少总带有“经验总结”的意味和成分在内。所谓经验，无非是过去长时期以来耳闻、目睹、身受以及他人和自己的成功与挫折的总和。经验教训是一面镜子，既能照见过去，又能反映未来，谈经验主要是为了将来。

我在延安鲁艺美术系执教6年，作为一个以视觉形象的造型艺术创作为终身事业的艺术工作者，在过去的生活和事业中的主要经验是什么？或者说，令我最心折、最头痛、最肯定的事情是什么？我最肯定的是，要想在造型艺术创作实践中取得自己满意的成果，一个绝对不能缺少的条件，是必须具有两套基本功。一套是思想锻炼的基本功，一套是技术锻炼的基本功。两者缺一，势必成为跛脚人，被关在艺术殿堂的门外。

思想和技术锻炼本来是艺术工作者一生追求的无止境的终身伴侣，可是基本功却是一门可靠的原始资本，一本生万利，有了基本功，就有可能成为万贯家财的富翁，成为既有思想又有技术的富翁。

我们必须了解思想锻炼与技术锻炼之间互相依赖、不可分离的密切关系。思想功能是获得生活源泉的源泉，有了它就可以进入重要的生活境界，取得可靠的生活题材，加强作品的思想性等等，在创作实践上起主导作用。技术功能是夺取艺术表现的手段，有了它就可以畅所欲为地表现生活，考虑如何形成视觉美，加强作品的艺术性等等，有了它，创作实践上就能取得思想和艺术的双料成功。前者领导后者，后者服从前者，两者通力合作，才能不断产生自己满意、别人喜爱的精品。

然而，这两套基本功的通力合作，并没有在鲁艺美术教学中得到完满的实现。以上所述，不过是我所心折的思想锻炼的兴旺发达和我所头痛的技术锻炼的贫乏艰难两者矛盾交错所产生的理想结晶。我并不失望，因为革命文艺事业总是伴随着革命斗争的发展而发展，新民主主义时代没有完成的一切工作，将会在未来的社会主义时代得到圆满的完成。到那个时候，我们切莫忘记过去的艰苦奋斗和创造性的顽强斗争。

说起来也很可笑，新民主主义时代的延安，有个与众不同的鲜明特点，就是那个罕见的又苦又乐、又穷又富、又落后又先进的对立统一的特点。苦是艰苦，乐是乐观；穷是衣食简陋，富是精神旺盛；落后是物质生活的落后，先进是思想行动的先进。各趋一端，各有所长，前者制约后者，后者突破前者，彼此争争夺夺，共处而并不和平。我们的艺术教育就是在这样的环境中蹒跚前进。

延安的特点也体现在我们的日常生活中。全国任何美术学校都有的东西，偏偏只有延安没有；全国任何艺术院校都没有的东西，唯独延安不但有，而且很多。这种特点特别表现在思想教育的兴隆与美术用品的缺乏上面，而后一点的缺乏也表现在鲁艺总务科几个红军老干部的言语中，他们不喜欢说“延安没有”，却往往用“我们从来没有见过”来回答别人的要求。王朝闻想在他住的平房顶上升个天窗（为了雕塑需要的顶光），需要几块明瓦，红军老干部说“什么叫做明瓦？我没有见过！”；王式廓需要油画颜料，回答也是“没有见过”；华山需要吃饭用的勺子，回答也是“没有见过”；我想要能够画速写的白报纸，黄霖说：“东山教员用的白报纸我可以找到一点，同学们需要大量的，我办不到！”后来他又加上一句：“将就将就吧，有马兰草纸就够用了！”我这个人明明知道延安的艰苦，很不愿以延安办不到的东西向他们开口，所以后来就向戏剧系、音乐系学习，自力更生，或是勉为其难地拼拼凑凑找代用品来应付困难，这一手很灵，让我们心安理得地顺利度过了六七年的光阴！

然而，当我回顾自己在美术系教学的成绩时，的确于心有愧。说起来也惨，教学都因为绘画用品的短缺而变成了纸上空谈。最早我教的是漫画创作，我在撰写讲义时可花了不少心血。稿纸是我自己带来的，可是写完后没有油印（1939年是最艰苦时期），同学们只能耳听不能动手创作，所以教学成效不理想。我后来教的是创作实习，我不用讲义，光讲自己的创作经验，这个我既不用费多大功夫，同学们又爱听，而且对于我出的创作实习的命题也很感兴趣，可是当他们根据自己挑选的题目将在马兰草纸上画出来的每幅草图拿给我看时，我认为尽管有不少的构思很出色，但可以看出动作和表情的人物形象却很少很少，有的甚至连一个近似形象的符号也不如。事实证明，如果没有技术基本功，思想再好，构图再好，也休想跨进创作实践的大门。

两套基本功的一重一轻，是鲁艺美术系教学不可克服的缺点。这不能怪绘画用品有些“贵族化”，延安的特别艰苦应该完全负责。好在延安从来不出废品，虽然没有培养出几个有创作能力的丹青能手，却培养了一大批思想进步、能说会道、善于做政治思想工作的好干部、好教师。这一点是应该肯定的。

（二）

根据我自己的长期观察，我认为鲁艺美术系历届的同学有个共同的特点，就是他们贫苦的出身和可以吃苦耐劳的性格。他们的学识顶多是个中学水平，但他们勤于自学，看过一些进步刊物和文艺书籍，普遍地爱好文艺，普遍地倾向于革命和靠拢党，特别是党坚持抗日战争让他们产生了强烈的抗日救亡的愿望，让他们不约而同地奔向延安，顶得住吃小米、住窑洞、参加体力劳动的压力。这些年轻人到延安后有不少参加了党，加强了思想锻炼，一直等到抗日胜利之后，党为他们分配了适当的工作。

有共同点也有不同点，分歧存在于这些年轻人对于美术专业不同程度的理解与技能上。有的在中学时期就初步地学过造型的基本功，有的有独立写生的能力，有的虽然学过中国画的一些技法，可是对于写生则一窍不通，还有一些学生仅仅是爱好美术，只能看美术作品而自己未曾动过笔墨。总之，对于造型基本功的练习具有迫切的需要，而这一要求又恰恰是鲁艺美术系的缺门，完全靠自修自学。

我记得我刚到延安不久，王曼硕对我作情况介绍，他说，鲁艺美术系自 1938 年创办以来，第一届学生的艺术修养最高。他们的年龄也都在 20 岁左右，多半是北平、上海、杭州美术学校的肄业或毕业生，有不少从事过风景创作，从事过人物写生。他们都是因为对党的文艺事业的热爱慕名而来，可是一来到鲁艺，看见除了几间窑洞和平房之外一无所有，没有课堂，没有画具，只有几个教木刻的教员，就不免有些大失所望。再加上当时生活起居的简陋和艰苦，与外面城市生活有天壤之别，他们很不习惯，所以不到半年就纷纷离开了延安。

1939 年以后来的学生，则与第一届大不相同，他们多半在中学时期就学过造型基本功，来延安后又对延安所特有的战斗生活很感兴趣，认为有广阔的创作天地，他们自动地丢下画笔而拿起木刻刀，适应延安的特殊需要，在学习上加倍努力，从“小鲁艺”到“大鲁艺”，到处和劳动人民接触，画人像，画速写，为木刻创作做事先准备，结果一幅又一幅的木刻作品就接踵而来。他们毕业后马上转入美术研究室，变成了延安木刻家中的新秀。这些年轻人之中就有古元、焦心河、王流秋、张菊、郭钧等等，他们可以说是思想锻炼与技术锻炼齐头并进的代表人物。

工曼硕和我都认为，20 世纪 40 年代以后陆续来美术系的学生较差，而且这以后一届比一届差。光靠思想进步而缺少技术的基本练习是不能进入创作园地的。当然，在这些学生中也有个别例外，如陈因、牛文、张映雪、刘迅、钟灵等等，他们靠自己的努力，在技术上多少有一点资本。而其余的不少同学，却与技术学习无缘。这就说明了王曼硕急于亲自动手带领学生自力更生地建画室、做画架、用泥塑人像代替石膏模型之类的根本原因，也说明了在延安除了自力更生创造条件以外别无办法。

鲁艺美术系有了画室写生之后，实际上并没有起到填坑补缺的多大作用，因为往往是“听大报告”“参加体力劳动”的时间挤掉了技术练习的时间，纸笔用品的缺乏也让技术学习有名无实，没有得到应有的效果。

鲁艺美术系的教学成果，可以说是有得有失。得的是思想教育的圆满成功，失的是技术学习的无能为力。可是，我个人认为得比失大，因为同学们得到的是我国非常罕见的东西，又是全国迫切需要的东西，而失去的却是全国到处都有的东西，不如得到的东西宝贵，得到的东西就是中国的国宝！

（三）

我常常提醒自己，在回忆鲁艺同行时千万不要漏掉了有名的美术研究室，这个一大半在西山窑洞，一小半在山下平房的美术研究室，不仅人多，而且是个人才荟萃的场所。他们年纪比东山教员小，比学生的年纪大，处于充满活力的中间地带。他们与我接近的原因是要我看看或评估他们创作的初稿或完成稿，他们许多作品的成功令我兴奋而又吃惊！建国后声名大振的漫画家华君武和米谷、美学家兼雕塑家王朝闻、木刻家古元和彦涵、教育家陈叔亮等等，都因为在研究室打下了牢固的基础，才能够在建国后在事业上建立起百尺高楼。延安啊延安，你不仅是革命根据地，还是革命文艺的发源地，是培养了各种人才的革命摇篮！

回想当年，有几个同志的作品或谈话让我倾倒，现在也没有忘怀的我必须向读者首先介绍的是古元与彦涵两个。

与别人不同，古元与彦涵的突出表现是多产。作品源源不绝地一幅一幅送到我的面前，都是木刻，从题材内容到表现形式都让我耳目一新，这种作品数量多、质量高确实罕见，所以他俩在延安就名气不小。思想过硬、生活过硬、技术过硬，再加上勤于总结经验、勤于创作实践，这就保证了他们作品的多产与高质量。

古元的特点是思想敏锐与深入民间，从“小鲁艺”到“大鲁艺”，从民风、民俗到新思想、新行动，他全面地给陕北老乡们画了生动的生活画像和精神画像，这种创作成果，历史上是空前的。

彦涵是两只脚一边跨着部队生活，一边跨着劳动生活，以形象为工具的新闻记者。他的见闻很广，题材新鲜，把军民之间的鱼水深情表现得淋漓尽致。他的许多作品也和古元的作品一样反映了时代面貌，反映了新民主主义时期的战斗生活，反映了新时代新的群众生活！

很显然，古元与彦涵都是毛泽东《在延安文艺座谈会上的讲话》的忠实实践者，他们因为有红色的思想播种，有延安的雨露浇灌和阳光，就不愁没有预期的丰收！

我想提提另一个杰出的人才，这就是米谷。米谷在延安原名朱吾石，他不画漫画，也不搞木刻，而专心制作小说插图。他当时也曾多次到东山来看我，我记得他第一次就把他为鲁迅小说所作的插图带给我看，我吃了一惊，他人不出名，画却相当地成熟与优美，我看了又看，嘴里不断地赞美。他的造型技巧很有基础，并不是死板的写实，而是具有浓厚的装饰风格，有些像建国后张光宇画的《西游记》插图那样的风格，这种东方所特有的装饰风格是我国最古老的造型特点，想不到朱吾石在延安时代就完美地继承了下来。可是他也有个弱点，老是想家(他早婚)，不久就离开延安回老家浙江去了。

焦心河是木刻家，他很少到东山来，可是他却把他从内蒙古回延安后刻的一幅《牧羊姑娘》拿给我看。这幅作品别有特色，在造型时兼顾造情，作品中充溢着诗的意境。他不是简单地表现牧羊人的生活劳动，而是突出地表现了牧羊女喜获羊羔的无比欢欣！他描写的那种双手高举羊羔昂首凝视的姿态，与蒙古族女郎所特有的服装相映成趣，一种兴高采烈的愉快心情也从视觉的欣赏中传染到读者心中。可惜的是焦心河在解放战争时就已病故，我写回忆也是写对他的悼念！

王流秋是由美术系调到研究室的同志，他是个东南亚的华侨，具有一般华侨所共有的爱国热情。他认为延安对他的思想教育很有利，他说他过去画画总是找不着适当的题材，到延安学习以后，觉得到处都有题材。他相信思想认识的基本功比技术的基本功更重要。我认为他的确掌握了艺术的要领。他常常把他的木刻作品拿给我看，作品内容没有离开延安的开荒、纺线之类的生产活动，技术也很不错，是他过去在外面学的。他说他把木刻创作当作过渡时期的习作，将来条件好了他要画油画。总之，他是一个不断追求进步的艺术人才。

最后，我要介绍的是一个认为思想认识是学艺术最重要的事情的特殊人物，这就是郭钧。他是个身材佝偻的残疾患者，走多了路就要喘气。他出生于四川成都一个富裕家庭，有宽敞的书房和花园，他读过很多进步的书，瞒着家里人独自在书房里办了个“读书会”。这是个躲避白色恐怖的半公开的组织，参加读书会的都是他中学时代的好朋友，为了不惊动他的父母，这些朋友来往都不走大门，而是翻过花园的围墙。后来他坚决要去延安学习，非去不行，他的亲属也奈何他不得，他居然以一个残疾的身体平平安安地到了延安，并且转到鲁艺美术系学习。他热衷于听大报告和读马列主义的书，他的木刻技术也多半是自学的，也不愁没有题材，只是用力就气喘，所以作品不多。组织上为了照顾他的身体，最后半年让他住在东山最后一个窑洞里，和我的窑洞非常近。他对我说：“只要在延安打好思想的基本功就可以用一辈子！”我完全同意郭钧所说的话，他用健康的思想弥补了不健康的身体的缺陷，他的毅力是惊人的。

啊！延安！你这个烈火熊熊的思想大熔炉，你没有炼出一块废铁，包括残疾人在内！

原型与变型

原型决定变型，有时变型与原型形影不离，有时变型与原型完全相反。人还总是那个人，相反中也有相同存在！

（一）

20 世纪 30 年代在上海，当我有了个不愁衣食的职业以后，我变成了个电影迷，5 年来我看电影起码有八九百次之多。两毛小洋的蹩脚影院，无论是有声电影或无声电影，我都是常客，每星期总要看两三次，六毛大洋的高级影院，我每月也要去两三次，而且总是与张戈做伴。因为我每天都有十小时以上的纸上耕耘，虽然不太辛苦，但也有点疲劳，泡在电影院里就是我唯一的休息。我认为看电影有不少好处，其一是免除了别人的干扰，其次是躲开了街头特务的“盯梢”，第三是我可以在视觉上进行不同人物形象的搜罗，这与我画漫画的业务有关。所以看电影既是休息又是忙里偷闲，一举两得。因此我看电影从来不穷追故事情节，只了解一个大概就够了。我看电影是专门看剧中人的面部表情与身材姿态，看演员的演技与“台型”。造型造型，型在何处？型就在五光十色、千变万化的电影万花筒中！

我把我在电影中观察人物形象的行为起了个绰号，叫做“思想活动的狩猎”，表面上是休息，实际上是让紧张的大脑暂时松弛一下。可是我的大脑活动除了睡眠外一刻也不停顿，就像那些在休假中狩猎的猎人，将捕捉当作业余娱乐的情况一样。

由于我观察和捕捉人物形象的活动变成了日常的活动，多则变，从量变到质变，变成了对同一个演员扮演不同角色的研究，于是我逐渐发现，演员本人的原型与扮演另一角色的变型存在着牢不可破的联系。原型长得如何，总要有个“型”，可以看出特点的“型”，这是人物形象的重要基础。而作为演技的变型，却是建立在原型基础上的上层建筑，无论它怎样变来变去，总离不开原型这个基础，原型决定了变型的命运。所谓原型，就是演员的本来面目、本来的精神气质和本来的习惯性动作。无论演技如何千变万化，流露着原型的影子总在那里时隐时现。

我看了很多电影，这样的例证很多。

我感谢记忆力在衰退和消失中又有所恢复，60年前的影像仍历历在目。我记得在众多的影片中，德国乌发公司摄制的《蓝天使》比较突出，这部影片有两个出色的演员，女主角是玛林·德特丽，她扮演一个容貌特殊的歌女，有一种似烟似雾的眼神，有一个蛇样扭动的腰肢，还有一副低沉而又沙哑的歌喉："我是一团烈火，你是扑火的飞蛾，如果烧坏了翅膀，你可不要怪我！"我看过德特丽本人的照片，尽管是女扮男装，也掩饰不了她那"烟视蛇行"的本来面目。这就是原型决定了变型。

男主角是有名的却尔斯·劳顿，他扮演一个穷教授，是个迷恋女色的扑火飞蛾。他的特点是微胖的身材，一副天生的"馋相"，为了讨好女色，不惜放弃教授的身份，表演了公鸡打鸣的丑态。劳顿在另一部影片中扮演一个没落的帝王，他那双手捧着一只烧鸡在嘴里乱啃的"馋相"，可笑而又可悲！这是变型放大了原型的特点。

在美国影片中，扮演《赖婚》女主角的丽林·甘许，变型与原型都是楚楚可怜。扮演《七重天》女主角的珍妮·盖诺，那种小家碧玉的容貌与姿态，总是博得众多观众的同情与好感。这与她本身娇小玲珑的原型也是分不开的。男演员华雷士·比莱是个有个性的演员，他本人长得粗野，动作也粗野，所以导演总是要他演《自由万岁》之类影片中的英雄好汉与西部草原的牧人。还有那个演技大师卓别林，他在《淘金记》中演的流浪汉，《城市之光》中演的工人，以及以希特勒为原型演的战争狂人，让观众大笑，可是眼眶中却饱含着泪花！卓别林的变型尽管千变万化，也没有离开过他本人的原型。他的原型是怎样的呢？在我看来，他的原型很像一个西服整洁、神采庄严的绅士，而他实际上是个能够伏案写作，思想深刻，把真、善、美化为嬉笑，揭开假、恶、丑面具的文人！

原型决定变型，有时变型与原型形影不离，有时变型与原型完全相反。人还总是那个人，相反中也有相同存在！

（二）

20 世纪 40 年代的延安，特别是 1942 年以后，我又从电影迷逐渐转变为戏剧迷。

延安鲁艺是京剧家、话剧家、歌剧家、秧歌剧家初显身手的场所。而我却是个“近水楼台先得月”的老主顾，有戏必看，从不漏掉。反正我有一双 20 世纪 30 年代在上海马路上练好了的飞毛腿，上山下山来回五六十级台阶也难不倒我。

我非常欣赏歌剧《白毛女》的故事和演出，从多次彩排到正式上演，我看过三四次之多。《白毛女》的故事来自民间传说，是劳动人民的集体创作，有民间艺术的完整性，既有个悲剧的梗概，又有个大团圆的结局。不是有很多人反对大团圆的结局吗？其实，悲剧连接着喜剧，泪眼连接着欢笑，乱世连接着盛世，正反映了苦尽甘来这一从不改变的人生规律，共产党也正是把无穷无尽的悲剧变为大团圆喜剧的创造者。

我不知道《白毛女》的导演是谁，我认为他挑选的几个演员与剧中人的性格非常接近。喜儿的扮演者先是林白，她那一脸天真，两只大眼里总是闪着泪光的少女形象，叫人一见生怜！后来换了王昆，她有唱歌剧所必需的好嗓子，能够把河北梆子的最高音唱得叫人伤心落泪。陈强演的黄世仁，的确有一种财主大少爷的轻狂神气。

王家乙演的穆仁智，那种巴结主子的奴才相更出色。那个演杨白劳的张 ×× 和演王大春的 ×××，也演得很是动人。最妙的是演财主管家婆的李波，她的一举一动把一个表面上心慈信佛，而对待穷人心存恶毒的老太婆刻画得惟妙惟肖。称职的演员可以为剧本增光。

我在延安看戏时，也曾把在上海看电影的经验和看法当作评估艺术高低的法宝。我多次的观摩证明演员的原型是个重要的基础，只有建立在这个基础上，才会有变型的高楼。我认为《白毛女》演出的成功，应当归功于演员的原型好。在秧歌剧和话剧方面，也是演员出色的原型在很大程度上决定了变型的成功。

演秧歌剧和话剧的王大化，我认为是个了不起的演员（他在车祸中遇难是戏剧界的大损失），他长相的特点是粗野，和泥土打交道的粗野，所以他在《兄妹开荒》中演陕北小伙子，演得“天衣无缝”。他长方形的脸蛋上双目炯炯有神。在扮演苏联红军将士的时候，又变了个与农村小伙完全不同的型，可是原型的粗野也和战士的英雄气概十分合拍。变型的老底子是原型，变型与原型合作，是演技成功的要点。

田方也有个粗野的原型，可是他与大化不同，他是城市中“下等人”的粗野。他在《日出》中扮演一个妓院里招待嫖客的“大茶壶”（送茶送水的茶房），他对“小东西”的粗野动作演得非常自然，就像真人实事，令人发指。田方在《带枪的人》中扮演苏联红军士兵，把一个无产阶级战士形象演得十分突出，四分演技，原型却占了六分。田方本人有个特点就是说话干脆，行动敏捷，是个很能干的同志。

身材娇小玲珑的林白在《日出》中扮演的“小东西”比在《白毛女》中扮演的喜儿更好。她有一张被周扬称为“悲剧的脸”，这并非愁眉不展的苦相，而是经常被人欺负而没有表情的平板的脸，加上一双含泪的大眼睛和呆板的动作，就算不言不语，也让观众充满了同情和怜惜。我认为她是个有个性的好演员。

《日出》中有个有钱无势的寡妇顾八奶奶，在延安鲁艺是由剧作家颜一烟扮演的。她有一张圆脸和微胖的身材，虽然不是演员，可是她演顾八奶奶演得形似而又神似，特别是她一口娇声娇气的京腔："胡四儿……胡四儿，你这没有良心的东西！"把一个装腔作势的"老来俏"演得入木三分，叫人笑掉牙齿！所以她演《日出》以后，鲁艺有些同志不叫她颜一烟，干脆叫她"顾八"，可见她的演技比她的文学修养还要高。

《日出》的导演是王滨，他是个山东硬汉，我在上海时就认识他，那时他还是个棒小伙子。来延安后由于经常牙痛，他一拳把自己的嘴巴打歪了，可见他个性的刚烈。他最会挑选演员，他挑选演员都是先从演员的原型入手，要求原型与剧中人的身份合拍，然后才教他如何演戏，这种方式方法我是完全同意的。

不过延安演的《日出》既展示了演员原型的长处，也暴露了演员变型的短处。长处是演员虽少，但是有几个出色的原型。而短处就是演员只会演出身穷苦的乡下人，如果演城市中的阔佬和陪伴阔佬的那些"跟包"，无论怎样变型，变来变去总是格格不入。所以在延安演戏，总是少数几个原型好的演员叫座，而整个舞台阵容却参差不齐。特别是那些豪华的服装、漂亮的道具和舞台装置在延安只能想象而不能兑现，一副穷酸相，总不免要露出马脚。原来穷酸相也是延安的原型，变型的局限性更是改变不了原型，包括原型中倔强的精神风格在内。对于我这个长期泡在舞台和银幕下的戏迷来说，当然不免要喊出"原型万岁！"的口号。

（三）

20世纪50年代，由于我从人民日报社转到新建立的文化部艺术局工作，尽管工作繁忙（总是超过八小时，有时白天或夜晚还要加班），可是看戏、看电影的机会也很多，我宁愿加班也不放弃这些看戏的机会。我看过不少曹禺、老舍写的各种剧本，非常感动。曹禺的剧本着重于上层与下层、有钱的老爷和穷人子女之间闹不完的纠葛，这是近十年来上海等较大城市社会生活的写照，所以容易深入人心。老舍的剧本却反映了建国前后北方城市的社会生活中平民生活的现状。没落的贵族，穷困的市民，凭卖力气养活自己的苦力，以及无依无靠的妇女和穷困潦倒的文人……他写的剧中人都有一部和恶劣环境作斗争的挣扎史。老舍有时写悲剧，有时也写获得自由解放后的渐入佳境的改变。总之，老舍的写作都不离开当前的时代，他是个为时代画像的专家！

20世纪50年代在北京，只要有曹禺和老舍剧本的舞台演出，我总是看了一次又一次，不嫌重复。在对剧中人物的观摩中，我仍然坚持演员的原型决定着变型的老观点，并寻找这种观点是否科学的例证。但是，北京的演员与延安演员比起来，有相同也有不同之处。延安的演员大都与革命有千丝万缕的联系，对社会生活的了解比较全面，可是跟上层人物的接触很少，在形象塑造上缺乏感性认识，所以延安演员在变型上有局限性，那就是直接的生活实际对间接的舞台生活实际的局限性。北京的演员则不同，他们多半是老艺人，无论在生活体验上或舞台经验上都是老手，非常讲究千变万化的变型，他们把演技放在重要地位，对于原型的重视则嫌不足。由于这原因，每一台戏的所有演员阵容都齐齐整整，连不重要的配角也很称职，不像延安舞台上那么明显的参差不齐。有利必有弊，由于重

1949年2月蔡若虹随《人民日报》进入北平

视变型而不重视原型，有些演员尽管演技好，可是演技并不能改变原型，所以原型与剧中角色不相适应的情况也常常在舞台和银幕上出现，万变不能掩盖不变。

我国有句俗话说得很透彻，这就是“不怕不识货，只怕货比货”，从互相比较中见高低，是个“立竿见影”的好办法。我在北京看过多次同一话剧或电影的演出，我把北京的《日出》和《白毛女》的演员与延安的同一剧目的演员作比较，我认为北京《日出》中演“小东西”的演员没有一个比得上延安的林白。北京《日出》中演的顾八奶奶没有一个比得上延安颜一烟演的顾八奶奶。为什么？不是演技不好，而是演员的原型与剧中角色不对路。在《白毛女》中，北京演员演的财主管家婆没有一个比得上延安李波演的同一角色。北京演员演的地主大少爷和他手下的奴才也不能和延安的陈强和王家乙演的相比，原因也是演员的原型与剧中人不对路。延安演出的成功，几个好演员的原型起了很大作用。当然，北京有的是演员，演技出色而原型与剧中人完全合拍的也不少。其中，我最欣赏《茶馆》中茶馆老板的扮演者于是之和倒了霉的贵族的扮演者黄宗洛，这两个表演艺术家的容貌、姿态、语言、动作，无一不到了“惟妙惟肖”的地步，完全与我少年时代多次亲眼见过的同一类型的人物吻合，的确具有引人入胜和耐人寻味的艺术魅力！《茶馆》与《日出》我都看过两三次之多，好戏我总是一看再看，总是回想这两个剧本作者的生花之笔和这两个艺术巨匠的音容笑貌，而现在他们早已不在人间了。

我与曹禺虽然多次会面，那多半是在文艺界开会的时候，说话不多，没有什么个人的私交。我与老舍先生却有一段朝夕相见的回忆，因为他酷爱我国的水墨丹青，曾经为我介绍过他所熟识的老画家如于非闇及溥雪斋兄弟等等。老舍健谈，他那一口通俗的京腔娓娓动听，他对文艺界了如指掌，而且他还有那种反霸济贫的热血心肠，对我了解北京有不少帮助。

在北京演出的《白毛女》中，我认为郭兰英是个难得的好演员，她出身穷苦，从童年就苦练出来的与众不同的“台型”也非常醒目，她用擅长的山西梆子的高腔唱白毛女逃到深山时“我要活……我要活！”简直是声泪俱下，令我的热泪也不禁夺眶而出！演员表演剧中人的激情，最难做到的是“感同身受”，郭兰英的确做到了这一点，我认为这和她本人的苦出身有关，也和她童年就开始练功有关。

我非常欣赏我们中华民族传统的各种地方戏曲都有同一种传统的教学与练功的特殊方法，各种不同角色分为“生、旦、净、末、丑”几种类型。老师选择徒弟是以徒弟本人的原型是否与那一类的角色符合为标准，这个首先把演员的原型当作变型的重要基础，为徒弟将来的发展定下了一个可靠的起点，再加上徒弟都是穷人子弟，经过老师分行分派的以身作则的教学，又为变型找到了可靠的依据。原型有生活实践做底子，变型有艺术实践为根据，这两种实践就注定了未来舞台演出的圆满成功！

火炬如龙 斗志如虹

延安，既是个革命根据地，又是个革命统帅们运筹帷幄的大后方。社会稳定，气象升平，生活水平日渐提高，人民的斗志更是有增无减，让我们这些拿笔杆儿的战士在共同的革命事业中斗志昂扬。

（一）

持久战真正是我们赢得抗日战争胜利的法宝，是军事装备薄弱的军队对付军事装备强大的军队的最好办法。抗日战争开始的时候，我们的八路军是这里一股那里一股地进行游击战，让日本鬼子捉摸不透，摸不着头脑地转来转去，我们就是这样慢慢地磨，磨掉日本鬼子“速战速决”的锐气和耐力。而我们自己呢？“没有枪，没有炮，敌人给我们造”，《游击队歌》这首抗日雄歌的歌词，就是当时的自我写照，我们在游击战中不断缴获敌人的武器装备自己，渐渐转弱为强。过了两三年，我方的战略又有变化，一半是利用游击战深入敌后，一半是用阵地战对付鬼子的主力，在这种相持不下的局面下，“百团大战”吓破了日本鬼子的胆，他们才知道我们力量的雄厚，才知道速战不可能速决，而且从他们进军的迟缓中感到这块肥肉太庞大，不知道哪一天才能够到口！

延安，既是个革命根据地，又是个革命统帅们运筹帷幄的大后方。社会稳定，气象升平，生活水平日渐提高，人民的斗志更是有增无减，让我们这些拿笔杆儿的战士在共同的革命事业中斗志昂扬。我记得，我们党中央的领导同志，不但大事成竹在胸，连小事也不轻易放过。刘少奇从南方回到延安，带回了很多波斯菊的种子，分给延安的各种文职单位。不久，我们居住的东山窑洞门前，那一丛一丛的姹紫嫣红的波斯菊花，就花枝招展地改变了往日的荒凉！

然而，我们这些革命文艺工作者并不是来延安避难的寓公，尽管画具缺乏，可是我们壮志未消，把注意力放在国内国际的时事和战局的观察上，马兰草纸印铅字的《解放日报》每天不离手，看得吃力也要看，那时候，很多同志不知从何处搞到了一些简单的地图，我们把看报看地图当作日常功课。我们兴奋，我们鼓舞，我们从八

20世纪70年代末北京时期的蔡若虹

路军、新四军接连不断的捷报声中培养自己的斗志！

对于延安来说，当时的顽敌不仅仅只有日本鬼子，还有心怀险恶的国民党顽固派，蒋介石就是个十恶不赦的头领。他抗战消极，而剿共却十分积极，他把枪口瞄准共产党。他看见我们从鬼子手中夺回失地非常眼红，总想把我们的新解放区夺去，所以我们八路军、新四军除了对付日本鬼子以外，还经常和顽固派发生摩擦，“皖南事变”的爆发可谓达到了顶点。叶挺被捕，重庆的《新华日报》被禁，我们的周恩来同志在最后一期的《新华日报》上只印“千古奇冤　江南一叶”八个大字，他自己在重庆街头卖报，这一壮举，惊动了整个山城！

斗争紧接着斗争，斗志加强了斗志，顽固派终究敌不过共产党，因为全国人民都心向着共产党。

在这个时候，我必须提提20世纪40年代的美帝国主义者，他们眼看着蒋介石的无能而干着急，新式武器装备并不能帮蒋介石多少忙，只好想出一条挽救败局的妙计，挺身而出，充当国共两党之间的调解者，作为一个“军事调处”的中间人物。我们党明明知道这种调处不会公平合理，却装作混沌无知的姿态举手欢迎。你说是调解，我说是休整，从休整中积蓄力量，对付一明一暗的两个敌人，从休整中了解敌情，加强自己的精神武装。

这样一来，平静的延安突然热闹了起来，党中央就派叶剑英将军为我方代表。他带领一批同志去了北平。美国人和国民党人也不时派代表到延安来，东谈西谈，各方心事，只有自家明白。接触接触，接触确实对双方都有利。我要说明一下，延安的鲁艺是个经常有美国军事人员来访的地方。这些比较接近下层的军人，都有一副和善的半真半假的面孔，假的是中间人的伪装，真的却是对于这个地大物博的神州大地的向往。热情地握手，用生硬的中国话说“你好你好”，两只眼睛却不停地东溜西看。周扬老让我陪着他当招待员，因为我有礼物可以送给来宾，这就是我和华君武两个人全部用手工制作的《延安木刻选集》，内容是从许多老的、新的木刻家送来的众多作品中编选出来的，我没有统计这些木刻选集到底送出了多少份，可以肯定的是这些作品的确漂洋过海地到了异国他乡，与和平友善的美国人见了面。建国以后在北京，我曾经接到过美国人送回故国的木刻选集。在简短的来信里，他说明了他没有忘记往日的深情，送回选集，是作为过去的友谊的见证，让我了解到那半真半假的脸上“真的”占了上风！

（二）

1943年以后，我个人的家庭生活也不单纯，到了后来呈现出一种出人意料的悲喜交集的局面。先是张戈在《新华日报》被迫停办后，带着两个制版工人回到延安，在延安的解放日报社工作。他并不常到鲁艺来，尽管清凉山离桥儿沟只有一箭之地。我记得，我和华君武有一次带了晴子，晴子骑在君武的脖子上，到张戈家去吃他专为我们烧的红烧肉。过去三个人同办讽刺画展的深厚友谊，在以后的生活中也还有经常荡漾的余波。

我对于过去的讽刺画作品深怀不满，总想重新开始，把笔尖儿对准国际上作恶多端的法西斯恶魔，把他们发动战争、残害人民的罪恶，用连续故事画的形式表现出来，只因为马兰草纸太不理想而未曾动手。恰巧张戈送我二十多张白厚纸与一盒水彩画的颜料，我便兴致勃勃地来实现自己的理想。这种较厚实的白纸我估计是种包装纸，一张不过晚报大小，我也舍不得裁开，二十多张也够画二十多幅漫画了。希特勒、墨索里尼、日本法西斯，都是我 20 世纪 30 年代早就画得烂熟的题材了，故事情节就把《解放日报》的述评作为参考，我只需要一幅一幅地作出形象的构思，并没有什么困难。

夏蕾怕我分心，情愿放弃自己的写作，一心一意地扑在晴子身上，关于衣食方面的一切琐事，都由她自己独办。她对我说："完成创作计划是你应该有的责任，你不要婆婆妈妈地照顾我和晴子。"

不过一个星期左右，我就完成了七八幅，而且填上了鲜明的色彩，我把这些作品粘在窑洞的土墙上，左看看，右看看，看来看去总觉得情节虽然不同，可是形象却趋于单调，连自己也觉得是老一套。我赶快把这些作品收拾起来，不给别人看见，我对夏蕾说："大概是我老了，画不出新鲜的形象了！"

这时候，本来住在西山的叶洛夫妇和孩子，不知为什么搬到我隔壁胡蛮、张仃、周立波曾住过的窑洞里来了。叶洛也是个画家，在白色恐怖下曾经坐过牢，这位南方人是个急性子，说话走路无一不快。有一天，他到我的窑洞向我们提出建议，说有孩子的家庭不适宜参加体力劳动，不如我们两家人共同搞起“精神生产”，专门用黄土制作泥人玩具之类拿到市场去卖，是可以赚一笔钱的。他劝我专门负责设计泥人的初坯。他们三人负责贴纸条、上颜色，完成后由他自己拿到市场去卖，关于收钱算账一切琐事，都由他一人办理，不用我多劳。他的建议首先得到夏蕾的赞同，她也向我表示说搞“精神生产”时间可以由自己支配，而且不离开窑洞就可以完成生产任务，一举两得，于是我也欣然首肯了。

叶洛这人说办就办，他马上用瓦盆在山坡上铲了一盆黄土，和上水调成泥后端到我的面前说：“你看干湿如何？”我用手摸摸，觉得不干不湿正好用，也就马上动起手来。

我过去对于民间艺术是很关心的。那种不求写实但求神似的装饰风格，是我们民族的传统。现在自己动起手来造型，那些小猫、小狗、公鸡、兔子之类的形态，也是驾轻就熟、手到心到地制作得很快，半天工夫就捏了二十多个。叶洛拿了几张白纸教夏蕾裁成小小的三角形纸块，用糨糊粘在玩具的泥胎上，然后填上红红绿绿的色彩，他兴高采烈地说：“大功告成！大功告成！”

这种小玩意儿两天能生产四五十个，延安老百姓很喜欢这些东西，生意不坏，不过半天就通通卖完。叶洛对我说：“我们十来天的生产，就抵得一个月的费用，你看我说的话灵不灵！”我们大家都乐了。这种生产到底持续了多久，我记不清楚了，总之，我们是在鲁艺取消了这种“精神生产”之后才停手的。

到了1944年5月，晴子满两周岁了。她长得好，很懂事也很听话，每天白天都在窑洞门外的路旁和邻居的公鸡母鸡做伴。夏蕾生怕她从山坡上掉下去，总是一边忙碌一边嘴里轻轻地叫喊：“晴子在哪里？晴子不要走远了！”

然而，突然间大祸临头，就是在这个大热天，桥儿沟痢疾流行，其中有种叫做“进口痢”（当地名称）的特别厉害，儿童患病的死亡率很高，一天拉几十次之后不久就夭折，何其芳不满周岁的儿子三多就是得这病很快就夭折的。夏蕾提心吊胆地照顾晴子，特别注意她的饮食，可是老天爷不长眼，越是害怕的东西，它越是和你靠近。晴子也开始腹泻了，先是拉稀，后是拉水，一个上午就拉了二三十次，连喝一口水也全拉了出来，人完全变了样子，只剩下皮包骨头了。张悟真一看大惊失色，对我吼：“还不赶快抱她去医院抢救呀！”三多的例子在前，我马上抱着气息奄奄的晴子往医院里跑，夏蕾眼泪汪汪地跟在后面。到了医院，恰巧遇见了黄树则大夫，1939 年我来延安不久时患了一场大病，就是他救了我的命，我把孩子抱给他看，声音发抖地说：“我的女儿患了进口痢，请你再救救她！”树则说：“我们尽力而为！你放心。”我连忙将晴子交给夏蕾，就丧魂失魄地回家了。

谁知道，半个多月之后，我就抱着晴子回家了，她完全好了，脸色也有点红润，恢复得和病前差不了多少。夏蕾告诉我，医院里有个十七八岁的红小鬼，身体结实，是他给晴子先后输了三次血，一次比一次多，才救了晴子的命。我很高兴，当晴子在建国后上初中时，我对她说：“你的血管里流着一个坚强不屈的红小鬼的鲜血，你应当像他一样坚强！”

（三）

拿笔杆儿的战士与拿枪杆儿的战士有个共同的精神形象，就是斗志昂扬。拿枪杆儿的战士的斗志是活跃在火线上，我们拿笔杆儿的战士的斗志却是活跃在墙上挂的地图中。地图有两幅，一幅画的是国内抗日战争的中心脉络，一幅画的是国际苏德战争正在争夺的重要城市。不知道是谁发明的，将红纸裁成小小的三角形红旗，粘在一头削尖的火柴梗上，把这些小旗插在苏联坚守的城市上。我记得著名的斯大林格勒（后改名为“伏尔加格勒”），一个反败为胜的城市。建国后的20世纪60年代初期，我在苏联漫游时到过这个地方，上过马马耶夫高地这个曾经战争激烈的战场，这个战场一见就令人生畏，荒芜而又广阔无边，加上那个颇似黄昏的“白夜”，弥漫着一团悲壮的景色和气氛，我感慨万千地在脚下捡了几片锯齿形的弹片才离开此地。回忆与现实交叉，我再说我们插在苏联战地的小红旗，从此步步前进，一个城市又一个城市，苏联红军的捷报与我国八路军新四军的捷报比翼齐飞，其速度之快，令我目不暇接。

那是8月中旬某一天，我去看地图时只见地图前面围着一堆人，舒群从人丛里钻出来，对我说：“我快要回老家了！苏联红军打到我国东三省要赶走日本鬼子了！”我又惊又喜，不知道说什么好。果然，第二天《解放日报》上发表了日军投降的消息，这好似一声响雷，震遍了延安所有的窑洞。我们东山上不晓得是谁吼叫了几声，接着就是静默，千言万语都化为无声的静默，千言万语都集中在当天夜晚的火炬游行中！

我和夏蕾都没有参加火炬游行，两个人都陷入沉思默想之中，晴子入睡了，油灯并没有结上灯花。我在想，抗战以来，我们中国人流了多少热血！有多少人家破人亡！夏蕾的孤孤单单的寡母不到五十岁就一病身亡，我的七十多岁的父亲和全家老小从赣北逃亡到赣南，现在音讯不通，不知道是死是活！……这一场持久的苦战刚刚结束，另一场共产党和蒋介石顽固派的苦战又将开始，我们应该早做准备，迎接另一场战争，只有等另一场战争取得最后胜利以后，我才能够眉开眼笑！

次口凌晨，我正打开窑门在山坡上瞭望，只见郭钧向我走来，他对我大声说："你一家都没有参加昨天晚上的火炬游行吧？真是好看呀！好大的场面呀！"他告诉我，他走不动，只走到清凉山的广场上，在路旁观看了很久才回来。他说不晓得到底有多少人参加了游行，只看见有的是延安老乡，有的是机关、学校的同志，远处山坡上的火炬队伍很长，像条通红的火龙！近处是高举火炬的人群，火光照得他们的脸色也是通红的。老乡们一边走一边敲鼓，咚咚的鼓声每一下都敲在他的心上。还有那又响亮又尖锐的唢呐的高音，简直把黑夜撕成了片片！……郭钧形象化的语言打动了我，我后悔自己只是预想将来而忽视了应该庆祝现在。

然而，我的预见一点儿也没有落空，蒋介石居然先动手争抢我们的胜利果实，我们党当然也不懈怠，借此拉开了解放战争的序幕。不久，一个又迅速又严密又稳妥的组织计划具体形成，一声命令，鲁艺全体师生分为三批出发，第一批10月初旬动身，目的地是东北，其中有舒群、华君武、王曼硕等等。第二批10月中旬出发，目的地是华北，其中有艾青、江丰、王朝闻等等。我和夏蕾是第三批，目的地也是东北，动身是10月下旬，由周扬自己领队，副领队是周巍峙，这第三批是带领家属小孩们的特殊队伍，琐事较多，之所以让周巍峙领队，是因为他行军经验丰富，胆大心细，做事比较稳当。

相逢一见如相识，分手均无告别辞！我们东山上一片静默，都不相互串门，保持冷静的头脑。平日和我很接近的王曼硕、华君武、江丰等等都是一言不发静悄悄地走了。我也不打算与同志们告别，只是准备好晴子在旅途中的干粮，然后收拾行装，特别是晴子的冬衣斗篷等等，好对付一个冰天雪地的长途旅行。

我从床底下拿出衣箱，打开一看，赫然呈现在眼前的是那一册我从上海动身时藏在衣箱底层的《凯绥·珂勒惠支版画选集》。仿佛老友重逢，我又高兴又惭愧，我让它在衣箱里安睡了7年，是它告诉我被压迫者必须反抗！是它陪伴我渡海跨山，一直到达延安，可是当我自己得到自由解放后却忘记了它，我只好仍然让它卧在衣箱的底层，陪伴我再来一次小长征，陪伴我度过终生岁月！

出发之前，除了把满山的庄稼都送给了老乡，我还把小家庭特有的锅盆碗盏之类的东西全部送给了后沟的老乡，我和老乡们握手，那手掌是热乎乎的。

出发之前，有孩子的母亲们都以好奇的眼光盯着骡轿，这是用芦席搭成的穹形轿子，架在一前一后两匹结实的骡子背上，做母亲的总是伸手进去东摸摸西看看，觉得确实是个稳妥的大摇篮，完全容纳得下四个孩子的棉衣棉被和肥胖的小身体。我们党的组织工作，的确是铁打的江山！

我们也悄悄地走了，没有与任何人告别，因为，因为有天堂和我们同行！

天堂在火线上延伸

可是在这些山路上长途跋涉的过客却不是面容憔悴的旅人，他们胸怀宽阔，他们精神抖擞，是延安早已将体力劳动与精神劳动融为了一体的革命者。

（一）天堂怀古

感谢历史老人手中那根漫长的红线，大概是一根“天作之合”的红线吧，它巧妙而又意味深长地把千年以来的古代豪言与20世纪40年代的延安精神联系在一起，两相辉映，简直是件无缝的天衣！让我这个即将踏上征途的战士频频回首、频频赞叹那句古代豪言的非同凡响，它是宋代著名文豪范仲淹独守边城肤施（延安的古代名称）时镌刻在延河边一块坐南朝北的山冈石壁上的八个大字——“胸中自有雄兵百万”。

好一个无比寥廓的心胸！好一个雄兵百万！这个曾经写过“四面边声连角起，千嶂里，长烟落日孤城闭”的范仲淹，有个多么豪放的胸怀，他与新民主主义时代中国共产党的胸怀不谋而合。我怎能不感谢历史老人手中那根红线，怎能不在正要离开延安的时候怀古颂今！

浮想联翩，我一步一回头地看那刻在石壁上的苍劲的笔迹，让它为我送行，让它为我壮别，让我有一个坦荡的寥廓的胸怀！

我昂首阔步，虽然离开延安，可是天堂伴我同行，我的前程跟随着天堂在火线上延伸，一个希望长了翅膀的前程！

我兴奋，我纵目四顾，我一路观看风景。我并不在意每天五六十里、七八十里的徒步长途行军，我相信精神的力量能够克服任何困难，我要沿途看看这个十分熟悉又十分疏远的陕甘宁边区！

我记得，第一个靠近延安的地方是清涧，它和延安颇不一样，山明水秀，独具一格，幽静而又明朗，它有铺着石板的小道，还有那石板当瓦的屋顶。它原来是个出产石板的地方，也是个有潺潺流水的地方。尽管我是匆忙一瞥，但印象甚佳，我开始明白我们的天堂面目是多种多样的！

我记得，另一个较远的城镇叫做绥德，这个地名在边区的名气也不小。“米脂婆姨绥德汉”，说明自古至今，这个地方出了不少英雄好汉。我对路上来往的行人特别注意，他们都是白衣、白裤、白头巾，和延安老乡并没有什么两样。可是，我觉得他们走路和举动有点粗野，有点豪迈，眼神也有点粗中带细的多情。难怪，我又从今人中看见了古人，一个古代英雄形象出现在眼前。宋代名将韩世忠将军的纪念碑出现在眼前，白色的碑上刻着铭文，我没有细看，我只记得一代忠烈岳飞是他的同僚，我只记得他的夫人梁红玉击鼓助战的传说。我一路走一路想起我快要离开边区了，我想起了岳飞《满江红》中的名句：“八千里路云和月……”征途千里，云月随行，古代英雄出没的疆场，现代革命的根据地，又是古今携手、精神合一。我兴奋，我昂首阔步，我眼看着天堂在火线上延伸！

（二）怒吼的黄河

我生长在扬子江畔，这是我第一次看见黄河。

我站在黄河岸边眺望，水色浑黄，颇像我们中国人的肤色。它那像从地壳里冒出来的吼声，让我兴奋。它那奔腾不息的骇浪惊涛，让我吃惊。我发现黄河与长江具有完全不同的性格，如果说长江的特点是宽大为怀，那么黄河就是个无畏无私的侠客。怒吼吧，黄河，你确实是我们中华民族的象征。怒吼吧，黄河，你为我们这些身在征途的过客增加了雄浑的气派！

黄河上的渡船比长江上的“划子”大几百倍，虎头虎脑，形象鲜明，船上除了可以容纳大牲口与轿子之外，还可以坐十余人。我跨上渡船，就像走进了一个特大的摇篮，它轻微地晃动，有节奏地晃动，让我有回归到儿时所眷恋的摇篮之感。它那靠着渡船尾部的六支大桨，好像南方货船上的木橹，很大，一半掌握在船夫的铁掌之中，另外一大部分伸入水中，像蜻蜓的翅膀，前后划动，与黄河的惊涛骇浪作殊死的斗争！

我特别注意船上的六个船夫，他们身材并不伟岸，却有一股铁打金刚般的精神，他们与南方拉纤的船夫完全不同，纤夫是弯腰面向大地，像爬行似的缓步前进，而黄河的船夫却是昂首挺胸地将仰卧变为俯坐，又将俯坐变为仰卧，他们就是这样不断地改变姿势，俯仰于天地之间，拼搏于天地之间。握在他们手中的大桨，就随着他们不断地改变姿势而前后划动，直划得黄河的浪花四溅，直划得大船靠岸。就这样，他们不知不觉地划过了漫长的岁月，不知不觉地改变了人间的颜色！

我曾经观看过几幅描写横渡黄河的油画，作者都是强调河水的急流怒涌，都是强调船夫的集体奋斗，可是都没有船夫身体的各个局部的细节描写，于是，我站在船尾靠近船夫的地方，双目在船夫身上不住地扫描，我发现他们的各个局部颇不平凡。

他们都是紧绷着一张不言不语、不忧不乐的脸，紧绷得像铁。头上不戴草帽，不扎头巾，让时隐时现的阳光与它们亲吻。冬天，他们习惯地敞开上衣，露出古铜色的胸膛，那是蕴藏着顽强本领与钢铁意志的胸膛，面对着天、地、日、月。还有那笔直笔直的胳膊和紧紧地握住桨柄的巨掌，是铁柱上的铜环，是金属化了的人体，是具体化了的精神力量。我感到震撼，我激动，我看过无数男性的裸体，今天才发现真正的人，神化了的人！

怒吼的黄河，怒吼的中国！怒吼吧，不声不响的黄河船夫，我向你们深深致敬！

我曾经听过关于黄河船夫的传说，说是大热天黄河上的船夫经常一丝不挂地裸露着身体。我并不摇头，这不是不文明、不礼貌的表现，而是洁白无瑕、无畏无私的鲜明标记。我希望我国的雕塑大师们不要让意大利文艺复兴时期众多的裸体雕像专美于前，也雕刻出我们黄河船夫的裸体群像，让他们流传千古，我想好了作品的标题，那就是“人定胜天”！

（三）封锁线静悄悄

过了黄河，我们又踏上了征途。我们行军的路线是跟随着解放战争的火线进行的，我们经过的地区，都是山西境内刚刚解放的新区，这些地区被日本鬼子的铁蹄蹂躏了多年，山河枯萎，草木凋零，生灵涂炭。新解放区尽是穷区，人们还没有把苦脸改为笑脸，道路也还没有从危途变为坦途，加上是寒风瑟瑟的冬天，我们走过的山野村镇，全是一派萧条景象。

山西的山与陕北的山很不一样，多半是两座高山夹着一个弯弯曲曲的平川，这些平川有宽有窄，有冰有雪，好像是沼泽，又好像是河道，都看不见人的行踪。

我们的行军道路基本上是半山腰上的公路，年久失修，一边是山壁，一边是悬崖，绕了一个弯，又绕一个弯，看不出不同的道路和不同的景色。可是在这些山路上长途跋涉的过客却不是面容憔悴的旅人，他们胸怀宽阔，他们精神抖擞，是延安早已将体力劳动与精神劳动融为了一体的革命者。

我们大队的行军队伍在山道上已经化整为零，既不并肩又不接踵，有年轻的联络员（鲁艺的同学）忽前忽后地往来照应，我从行军开始就紧跟着骡轿一齐走。

一路走来，没有什么值得赏玩的景色，于是我把注意力集中在长短句的搜寻组合上，一边走一边低声吟唱，这是触景生情抒发情怀的行军旅伴。所幸我在延安的后期早已把苏联马雅可夫斯基式的长短句改换为唐宋以来流行至今的传统长短句。继承与发展民族形式，这也是延安给予我的又一种精神武装！

我在断续低吟中构成的第一首《西江月》是这样的：“路线跟随火线，新区尽是穷区；天堂扩建在须臾，一夜花开千树！不问行程多少，且看壮志何如；红旗引路向荒墟，大地沉浮自主！”

我跟在毛驴与骡子后面行军，一边走一边研究牲口们的心态。

夏蕾两次从毛驴背上摔了下来，原因是毛驴故意紧靠着山壁走，让夏蕾的左腿与山壁摩擦。我教夏蕾骑在毛驴背的正中部，让毛驴感到舒服，它就不故意与人为难了。骡子比较老实，它喜欢靠着悬崖的边上走，大概是提防骡轿碰着山壁，这是好意，可是在骡轿后面的我看来，骡子背上的轿子有点悬空的感觉，于是赶忙绕到骡轿的外边，两手撑住轿子，怕轿子里的孩子们掉出来。这情况被联络员看见了，他连忙把我拉到正道上来说：“好危险呀！你怎么不顾自己，这骡轿是不会倒下来的。”

联络员告诉我，快过封锁线了。于是我关照骡轿夫不要唱陕北山歌，我们自己也不大声说话。我很愤慨，蒋介石对日本鬼子敞开大门，对共产党却到处封锁，于是我又低声哼出了一首《西江月》：“眼看荒凉景象，胸怀锦绣山河；万千赤脚走如梭，哪怕阎王一个！赤胆忠心报国，擒龙伏虎降魔；一拳打破鬼门关，看你如何封锁！”

又过了半晌，还是静悄悄的，不见风吹草动，只见周巍峙走回来对我说：“没事了，走过封锁线了，我们准备打尖吃饭了，孩子们都很好！”

（四）北国风情

我们带着孩子行军的队伍，是个组织严密、生活稳定的队伍，行军时化整为零，吃饭住宿时又集合在一起。孩子们都不过三四岁，不哭不闹，能吃能睡，做父母的也很安心，与在延安时唯一不同的是每个白天早起赶路时所走的道路是不断地向北方挺进的，每个晚上住宿都是变换着人家。从兴县、临县一带直到更北的左云县城，才开始迂回地出进长城，一共走了两个多月，我们吃的伙食随时随地变换，我们住宿的人家越来越穷，我感到，我们的赤脚天堂确实是建立在地狱之上。

艰苦我们早已习惯，辛劳我们也并不在乎。我是南方人，开始感受到北国风情的辽阔与多变，无论是吃的还是住的，我都感到新奇。吃的从小米、玉米到荞麦黑面，还有那莜麦面做成的“猫耳朵”，我们一家三口都认为并不难吃，而且夏蕾和晴子特别爱吃，胃口比在延安时更好，食量大大地增加。住的多半是土炕，炕上铺着一张芦席，房主人帮“八路军同志”烧得热烘烘的，我们铺上棉被倒头就睡，那种没有尝过的温暖，让我们无思无梦地一觉睡到天光！

“东方欲晓，莫道君行早。”我一上路就低声吟唱，又胡诌了一首《清平乐》：“寒冬暖炕，酣睡何嫌烫；春意朦胧花烂漫，梦里一声鸡唱！一盘黑面馍馍，妻儿胃口增多；房主殷勤问我，清汤咸淡如何。”

我的诗词是当前风物与军旅心情融合的产物，诗的境界也是战斗生涯的一个组成部分。人是生活环境所熏陶的产物，有什么样的生活环境，就能培养出什么样的人。“典型环境中的典型性格”，我多次感悟到恩格斯这句名言的深刻。

我们越是朝北方挺进，所经过的地区越是寒酸，夜晚住宿的人家也越来越破旧与狭窄。我记得，当我们走到左权县城附近的时候，夜晚住宿的人家近于赤贫，我们睡觉的土炕与平房女主人的土炕相隔不远，当我们打开铺盖准备睡觉时，一个蓬头散发、手举油灯的妇女用手不住地抚摸我们棉被上丝织品的被面，一边自言自语："这是啥东西呀，这多好呀！这多好呀！"那一夜我和夏蕾都没有睡好，我记得老红军黄霖对我说过的话："穷人最怕看见比自己更穷的人！"在这个世界上，比我们更穷的人多得不计其数，这正是我们艰苦奋斗的原因所在。

然而，第二天一早，我们走不多远，就看见了左权县城的城楼，这是一座巍峨高耸的城楼，与荒凉的塞北风光是个对比，它的存在说明了我国古代艺人的手艺多么辉煌！左权，又是我们的抗日英雄左权将军殉难的地方，我面对着城楼又低吟了一首《清平乐》："左权在望，城郭炊烟淡；唯有城楼腰杆壮，颇似英雄傲岸！半轮残月偏西，寒光冷照军衣；想起左权烈士，风光格外雄奇！"

（五）是终点又是起点

离开左权不久，为了绕过山西老顽固阎锡山的根据地，我们走了一段弯路，当时寒冷的"三九"天气与我们的浑身热力比武，人定胜天，我们这些天不怕地不怕的战士把寒冷置之度外。每天七八十里的路程，尽管没有遇见大雪纷飞的场面，可是我们经过的地方都是冰天雪地，一派北国严寒的景色。

我记得，有一天走过一道冰川，我们穿的都是布鞋，没有一个人摔倒，可是，抬着骡轿的骡子最忌冰雪，五辆骡轿中有一辆两匹骡子一齐滑倒，轿子里的孩子们却安然无恙。可是这些娃娃都是萧军的孩子（萧军并非鲁艺人员，他是为了孩子可以坐骡轿而临时参加的），他勃然大怒，认为骡轿夫没有小心照顾骡子，动手要打骡轿夫，是周巍峙赶来把他拉开了。这种个人至上的作风，哪里像个写《八月的乡村》的作家。

又有一天下午，我们正在寻找住处的时候，天下大雨，晴子坐的骡轿的两匹骡子又在石板路上滑倒了，轿子仍然平稳地搁在路上，我急忙走到轿子前面揭开帘子一看，四个娃娃睡梦正酣，没有一点声息。延安的孩子可以说都是天之骄子！

当我们经过丰镇来到山西大同的时候，联络员笑嘻嘻地告诉我，八路军已经收复了张家口，我们将坐火车到张家口落脚。这可是一个喜讯，我有七八年没有坐过火车了，从长途跋涉变为坐火车，这是前途广阔的预兆，我们大家都很高兴。

然而到底是战争年代，车上没有一节人坐的车厢，我们是在运牲口的铁皮车上一直站到张家口的，如果是走路，又要走好多天。

张家口是刚刚从日本鬼子手中解放出来的城市，还没有摆脱战时的景况，既萧条又热闹，是个惊魂未定的地方。我们一家三口，住在东山（又是东山）下日本鬼子新建的宿舍里，屋子里除了解放战争时期特有的床铺、桌、椅之外空无他物，只有日本风格盛什物的木头格子还没有被人搬走。这种木头格子有上中下三层，晴子说："我要睡在格子里！"我们就在中间一层铺好被褥，晴子睡在格子里很安全。

刚刚歇脚，就接到前方通知，说我们大队将要经过的赤峰一带战火未停，暂时不便通过，要鲁艺队人马在张家口待命。与此同时，我个人又接到党组织一个调令，要我离开大队即日启程去北平《解放》三日刊重操漫画旧业，这个报纸是在军事调处时国民党亲口答应在北平开办的，主编是钱俊瑞，他是我在上海左联时代的老熟人。

周扬的夫人苏灵扬告诉我，周扬昨天已经离开大队到北平去了，她要我也放心地去北平，她说他们家孩子也住在东山，可以天天和夏蕾、晴子做伴，不要我牵挂。

动身的那天，我换了一套淡黄色的棉军服，在袖筒上还戴着有“八路”两个大字的臂章，与我同行的还有鲁艺文学系的王抗与王宗一，三个人都是一色打扮。我去延安时在重庆办事处曾经换了一身八路军的军装，现在离开张家口又换上八路军的军装，我与八路军有缘！

我们是步行到八达岭去坐赴北平的火车的，这一短短行程却受到了从来没有经历过的特殊待遇。其一是沿路遇见了不少的本地老乡，他们一见我们的“八路”臂章就面呈喜色地对我们伸大拇指，我们也还以点头微笑。其二是我们刚到八达岭便碰见一大群国民党的便衣特务，他们一见八路军就如临大敌，一直跟着我们三人一同坐上火车，我们三个人并坐一边，这些特务与我们面对面地坐着，时时刻刻监视着我们的行动。那时候我还抽烟，我伸出右手到车窗外掸烟灰，特务们以为我是在向车窗外打信号，一窝蜂似的把头伸出窗外看看有无动静，那种惊慌失措的丑态十分可笑。我们三个人都不说话，我又默默地作诗，我把我在征途上的情景都写在诗里。

《采桑子》之一：“征途辗转三千里，雪地冰天，雪地冰天，过了新年还是战争年！红旗插到长城上，风月无边，风月无边，赤脚天堂移到国门前！”

《采桑子》之二：“沿路乡亲打手势，八路威风，八路威风，哪怕身旁特务紧跟踪！赤手空拳何所事，笔杆冲锋，笔杆冲锋，小鬼阎王都在画图中！”

我没有想到，张家口是我千里行军的终点，我更没有想到，张家口又是我再上征途的起点！

后记

90岁时的蔡若虹

图书在版编目（CIP）数据

赤脚天堂：延安回忆录 / 蔡若虹著. -- 长沙：
湖南美术出版社，2021.7（2024.4重印）
ISBN 978-7-5356-9449-2

Ⅰ. ①赤… Ⅱ. ①蔡… Ⅲ. ①革命回忆录 - 中国
Ⅳ. ① I251

中国版本图书馆 CIP 数据核字 (2021) 第 100240 号

赤脚天堂——延安回忆录

CHIJIAO TIANTANG— YAN'AN HUIYI LU

出 版 人：黄　啸
著　　者：蔡若虹
责任编辑：刘海珍
书籍设计：格局创界文化 Gervision
责任校对：伍　兰　侯　婧
出版发行：湖南美术出版社（长沙市东二环一段 622 号）
经　　销：湖南省新华书店
制版印刷：三河嵩川印刷有限公司
开　　本：710mm×1000mm　1/16
印　　张：13
版　　次：2021 年 7 月第 1 版
印　　次：2024年4月第4次印刷
书　　号：ISBN 978-7-5356-9449-2
定　　价：39.00 元

销售咨询：0731-84787105　邮编：410016
网　　址：http://www.arts-press.com/
电子邮箱：market @ arts-press.com
如有倒装、破损、少页等印装质量问题，请与印刷厂联系更换。
联系电话：13363616278

我很自豪，在这90高龄的时候，在短短的7个月中，我居然写完了12万字的延安回忆录，写完了我朝思暮想、念念不忘的《赤脚天堂》！

我把延安称为“赤脚天堂”，并非偶然的随想，我认为唯有赤脚劳动者才有的乐观的、创造性的劳动精神，才能克服无比荒凉、无比艰难的生活环境，而且，硬是把这一环境逐步改造为理想中的天堂。

我离开延安已经五十多年，我怀念这个赤脚天堂的最初容貌，我想把我在延安时的所见、所闻、所感和盘托出，目的是让我们那时无私无畏的革命精神能够在子孙后代中代代相承，让我们的五星红旗在狂风暴雨中临风抖擞，让我们具有中国特色的社会主义人民共和国能够在“四个现代化”的长征中建造一座精神上的万里长城！

“人生能有几回搏”，我相信我们十几亿的劳动人民都具有拼搏精神。拼搏是中国共产党的个性，拼搏是我们中华民族的传统精神，我相信我们能在赤脚天堂这一牢固的基础上建造更为宏伟、更为壮丽的上层建筑，我相信我们全体人民都团结在共产党的周围，齐心协力地奉献出自己的一砖一瓦！

我在写完延安回忆录的片刻之间，思潮怒涌，慷慨高歌，歌曰：“相逢赤脚千千万，回首天堂只一家；抖擞精神一老树，撇开风雪独开花！”